DREAMBOOKS★

DREAMBOOKS

정령의 펜던트

ORIGINAL FANTASY STORY & ADVENTURE

발렌 판타지 장편소설

dream
books
드림북스

정령의 펜던트 24 일망타진

초판 1쇄 인쇄 2022년 10월 7일
초판 1쇄 발행 2022년 10월 31일

지은이 발렌
발행인 오광백
편집 편집부
일러스트 보살
표지 · 본문 디자인 오정인
제작 조하늬

펴낸 곳 (주)삼양출판사 · 드림북스
주소 서울시 강북구 도봉로 173
대표 전화 02-980-2112 **팩스** 02-983-0660
편집부 전화 02-987-9393 **팩스** 02-980-2115
블로그 blog.naver.com/dreambookss
출판등록 1999년 3월 11일 제9-00046호

ⓒ 발렌, 2022

ISBN 979-11-283-7158-5 (04810) / 979-11-283-9513-0 (세트)

드림북스는 (주)삼양출판사의 판타지 · 무협 문학 브랜드입니다.

24

발렌 판타지 장편소설

ORIGINAL FANTASY STORY & ADVENTURE

◆ 일망타진 ◆

정령의 펜던트

dream books
드림북스

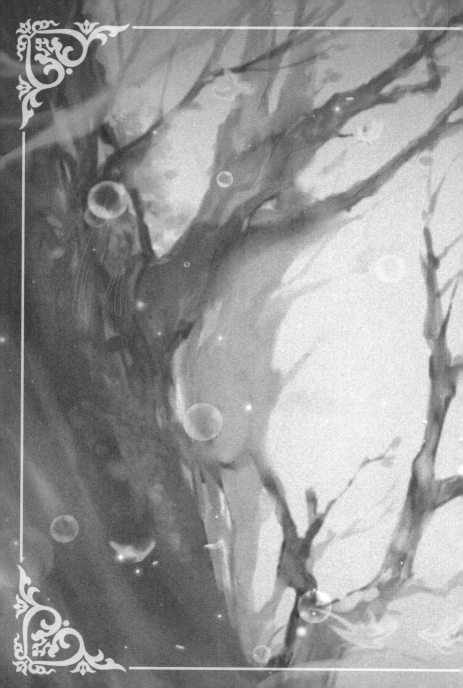

목차

---◆---

---◆---

Chapter 1.
성녀, 리타

1.

리타는 아연한 나머지 한동안 두 눈만 슴벅거렸다. 그런 그녀의 머릿속은 그야말로 뒤죽박죽 엉망이었다. 대체 이게 무슨 상황인지는 아직 잘 모르겠지만, 하나는 확실했다.

지금 도련님은 농담하시는 게 아니야.

태어난 순간부터 바율과 함께 자란 리타였다. 제 도련님은 이런 유의 장난을 치시는 분이 아니었다.

하지만 그럼에도 그녀는 선뜻 믿을 수가 없었다.

평생을 공작가의 하녀로 살아왔다.

별로 특별할 것 없는 그녀가 남보다 조금 잘하는 건 요리 정도였다. 돌아가신 엄마의 남다른 손맛을 그대로 물려받았다는 소리를 성내 식구들에게 종종 듣고는 했다.

여태 살면서 이렇다 할 재능이라 부를 만한 건 그게 전부였다.

한데 그런 제게 갑자기 사람을 치료하는 능력이 생겼다니.

그럴 리 없어.

내 주제에 무슨.

리타는 현실을 부정하며 고개를 세차게 가로저었다.

"리타, 말하지 않은 게 또 있어."

바율은 혼란에 빠진 리타를 바라보며 다시 한번 어렵게 입을 열었다.

"지난번 황궁에서 황태후 마마를 치료한 것도 사실은 너야."

"……?"

"황태후 마마의 상태가 위중해서 아버지께서 직접 널 데려오라고 하셨어."

"…영주님께서 저를요?"

"응."

리타의 안색이 하얗게 질렸다. 바율도 모자라서 란데르트 공작까지 거론되었다. 그건 리타에게 더 이상 회피할 구석이 없다는 뜻과 같았다.

"저, 정말 제가…… 그랬다고요?"

"믿기지 않겠지만 사실이야."

바율의 명료한 대구에 리타는 별안간 정신이 흐려지는 것 같은 기분과 함께 어지럼증을 느꼈다. 소파에 앉아 있길 망정이지, 아니었다면 진즉에 꼴사나운 모습을 보여 주었을지 모른다.

"여기 조르지오 주교님과 사제님들도 이미 다 알고 계셔."

도움을 청하는 듯한 바율의 눈빛에 그들이 기다렸다는 양 리타를 향해 머리를 조아렸다.

"성녀님을 뵙습니다."

"미리 예를 갖추지 못한 점 송구합니다."

"늦게라도 이리 인사할 수 있게 되어서 너무나 감격스럽습니다."

"왜, 왜들 이러세요……!"

리타는 기함하며 자리에서 발딱 일어났다. 생각해 보면 이전에도 한낱 하녀인 제 이름 끝에 꼭 '양'이라는 호칭을 덧붙이며 지나치다 싶을 만큼 예를 차리던 그들이었다.

그땐 그냥 단순히 인자하신 분들이라 여기고 말았는데, 이제 보니 이런 이유 때문이었나 보다. 사제님들이 단체로 뭔가를 잘못 드신 게 아니라면 말이다.

"리타 님은 절망의 신께서 저희 인간들에게 친히 내려 주신 보배이십니다. 현생에서 이렇게 성녀님을 마주하다니, 저는 이제 죽어도 여한이 없습니다!"

조르지오 주교를 시작으로 바그너 사제와 다레온 사제가 바닥에 넙죽 꿇어 엎드렸다.

그간 리타의 정체를 알면서도 숨겨야 한다는 사실에 속을 얼마나 끓였던가. 눈앞에서 그녀의 엄청난 치료 능력을 직접 보았기에 그들로선 더욱 애가 탈 수밖에 없었다.

한데 이제 더는 숨기지 않아도 되었다.

만천하에 성녀와 성현의 탄생을 공표할 수 있는 날이 드디어 온 것이다. 온몸이 덜덜 떨릴 만큼 격정적인 감정이 그들을 휘감았다. 꿈이라면 절대 깨고 싶지 않았다.

그런 이들의 마음과는 대조적으로, 리타는 숨이 막히는 듯한 느낌이었다. 사람이 너무 놀라면 기절을 하기도 한다던데, 지금 자신이 딱 그러기 일보 직전이었다.

"리타, 진정하고 크게 호흡해. 날 보고 따라 해 봐."

역시 괜히 얘기한 걸까.

점점 창백해져 가는 리타의 얼굴을 본 바율은 서둘러 녀석의 어깨를 잡고 제게로 돌려세웠다. 그러곤 과장된 몸짓으로 숨을 최대한 들이마셨다.

바율의 다급한 기색을 읽기라도 한 듯 리타가 용케 그대로 따라 했다. 몇 차례 크게 숨을 몰아쉰 덕에 다행히 낯빛이 조금씩 이전의 모습으로 되돌아왔다.

"잘했어, 리타."

멍한 표정은 여전했지만, 한고비는 넘긴 것 같았다. 바율은 안도하며 그새 땀이 배어 나온 이마를 손등으로 훔쳤다.

"란데르트 백작님!"

문이 벌컥 열리며 호메이르 남작이 실내로 뛰어 들어온 것은 그때였다. 그의 뒤로 이언이 웬 꼬마 아이를 품에 안은 채 나타났다. 맥 보좌관과 친구들도 이어서 우르르 들어섰다.

"무슨 일입니까?"

"아이가 다쳤습니다! 원래도 몸이 약한 아이인데, 전신에 화상을 입었습니다. 꼭 좀 살려 주십시오!"

호메이르 남작은 사제들을 번갈아 살피며 간절하게 애원했다. 그는 앞서 바율이 치료사를 데려오겠단 말을 전해 들었다. 그는 그 치료사가 눈앞의 사제 복장을 한 이들이리라고 추호도 의심하지 않았다.

그러나 정작 아이를 안은 이언이 다가간 곳은 리타의 앞이었다. 멍멍한 그녀의 시야에 살가죽이 쪼그라질 정도로 바싹 마른 아이가 불쑥 드밀어졌다. 끔찍한 통증을 못 이기고 혼절한 아이는 겨우 숨만 붙은 상태였다.

"세상에, 어쩌다가……."

아이의 비참한 몰골에 아득해지던 리타의 정신이 번쩍 돌아왔다. 야윈 몸도 안쓰러워서 제대로 보지 못할 지경인데, 거기에 참혹한 상처까지 덧대어졌다니. 대체 신은 어디서 무얼 하는지 원망이 생겨날 지경이었다.

"리타, 네가 할 수 있어."

"…네?"

불쑥 치고 들어오는 바율의 음성에 리타가 그게 무슨 소리냐는 듯 반문했다.

"이 아이, 네가 치료할 수 있다고. 아니, 너만이 살릴 수 있어."

"도련님, 저는……."

"지금까지 내가 한 얘기들, 전부 사실이야. 거짓이 조금도 섞이지 않은."

"하지만……."

"어떻게 너한테 그런 능력이 있을 수 있냐고?"

자신도 모르게 고개를 끄덕이는 리타에게 바율이 제안했다.

"정 못 믿겠으면 직접 해 보는 건 어때? 리타, 네가 스스로를 믿을 수 있게끔 지금 여기서 증명해 봐."

"그러니까 그걸 제가 어떻게요? 전 누굴 치료해 본 적이 없다고요."

이쯤 되자 리타는 억울함마저 들었다. 해 본 적도, 할 수 도 없는 걸 어째서 이토록 강요하는지 바율에 대한 서운함 이 밀려들었다.

"기도했잖아. 신전에서 봉사할 때도, 황궁에서도 속으로 계속 기도드렸던 거, 생각 안 나?"

"그거야 당연히…… 빨리 낫기를 바라는 마음에 서……."

"지금도 그거면 돼. 이 아이가 더는 아프지 않았으면 하 는 그런 바람이면 충분할 거야."

"…정말 그거만으로 된다고요?"

"크흑!"

리타가 눈을 동그랗게 뜨며 되물을 때였다. 혼절했던 아 이에게서 신음이 새어 나왔다. 이언의 품에서 꿈틀대는 아 이의 얼굴은 고통으로 처참하게 일그러져 있었다.

그것이 리타에게 어떤 계기가 된 모양이었다. 내내 현실 을 부정하던 리타가 급히 두 손을 모으고 눈을 감으며 기도 했다.

절망의 신님에게 빕니다.
이 아이를 제발 살려 주세요.

비록 이름도 모르는 사이지만, 이런 끔찍한 벌을 받을 만큼 나쁜 아이는 아닐 겁니다.

저 굶어서 마른 몸 좀 보시라고요.

저게 어디 사람 몸인가요?

절망의 신님이 아실지 모르겠으나, 살면서 가장 힘든 건 배를 굶는 거랍니다.

부디 아이의 불행을 안타까이 여겨 주세요.

제 기도를 들어주신다면 앞으로 더욱 열심히 절망의 신전을 찾겠습니다.

헌금도 많이 낼게요.

그리고 마지막으로…… 제가 정말 성녀 맞으요?

저를 선택하신 게 진짜예요?

우리 도련님이야 워낙에 대단하신 분이니 이해는 가지만, 저는 왜 택하신 건가요?

이유가 궁금하니까 꼭 좀 알려 주시길 부탁드립니다.

리타는 뇌리에서 떠오르는 대로 무작정 기도를 올렸다. 솔직히 그녀는 자신이 지금 무슨 말을 하는지도 잘 몰랐다. 그저 아이가 나았으면 하는 바람을 담았을 뿐이었다. 그러던 와중 제 상황에 대한 의문이 다시금 똬리를 튼 거고.

'응? 뭐지?'

기도에 집중하던 리타는 어느 순간 이상한 느낌에 살며시 눈을 떴다. 그런 그녀의 시선을 사로잡은 건 바로 코앞에 있던 아이의 상처였다.

그도 그럴 것이, 차마 보고 있기가 힘들 정도로 심하게 데였던 부위가 그새 아물었기 때문이다. 아직 곳곳에 옅은 흉터가 남아 있긴 했지만, 누가 봐도 통증을 느끼지 못할 수준이었다. 검게 그을린 옷자락만이 아이에게 무슨 일이 있었는지를 짐작하게 했다.

"헉!"

리타는 입을 막으며 헛숨을 삼켰다. 이미 그녀의 능력에 대해 알고 있던 일행은 그저 새삼 대단함을 느끼며 감탄하기에 여념이 없었다. 실내의 인물 중 놀란 사람은 리타와 호메이르 남작, 둘뿐이었다.

"말도 안 돼!"

리타는 방금 본인이 기도를 해 놓고도 믿지 못하는 기색이었다.

"얘를 정말 제가 치료했다고요?"

상처가 나은 아이는 어느덧 편안하게 잠들어 있었다. 차마 깨울 수는 없었는지 리타가 다리만 동동 구르며 이리저리 아이의 몸을 살폈다.

"여기 있는 우리가 증인이야."

"그래, 리타. 네가 한 거 맞아."

"이제야 아는 척해서 미안."

"그동안 입이 얼마나 근지러웠나 몰라."

연달아 이어지는 친구들의 증언에 리타는 얼떨떨함을 금치 못했다. 그나마 다행인 건 점차 사실을 인지하기 시작했다는 점이었다.

"엄마야…… 나한테 어떻게 이런……."

"리타, 이제 내가 널 부른 이유를 짐작할 수 있겠어?"

바율은 리타의 손을 부드럽게 감싸 잡았다.

"자이아엔 아픈 병자가 많아. 오랜 기간 꺼지지 않고 타오른 불 때문에 땅은 물론, 물과 공기 등이 전부 오염되었거든. 겉보기엔 멀쩡해 보이는 사람들도 그 속은 병들었고."

"도련님, 그래서 저를……."

"응, 나도 가능하면 리타가 계속 모른 채로 살길 바랐어. 이런 능력이 있다는 걸 알게 되면 아무래도 대중의 관심이 쏠릴 게 분명하니까. 나처럼."

바율이 그런 것을 얼마나 불편해하는지는 리타도 잘 알고 있었다. 미리 말하지 못해서 미안하다고 몇 번이고 사과했던 이유를 리타는 그제야 이해했다.

기실 그녀는 이제 알았다고 해서 원망하는 마음 같은 건 조금도 생기지 않았는데 말이다.

"근데 자이아를 살리려면 리타 너 말고는 방법이 없겠더라고. 도와줄 수 있지?"

"…제가 정말 할 수 있을까요?"

"조금 전에 직접 증명했잖아. 여기 사제님들도 함께해 주실 거야."

"…그럼 저, 해 볼게요."

리타의 고민은 길지 않았다. 캐링스턴 아카데미에 몬스터가 난입했을 때, 봉사 활동을 하며 그녀가 느꼈던 건 사제님들에 대한 경외심이었다.

그들의 놀라운 치료 능력 앞에서 리타는 경건한 마음마저 들었었다.

한데 그걸 본인이 할 수 있단다.

그리고 그것만이 도련님을 도울 수 있는 길이라 한다.

리타는 원래도 바율과 관계된 일이라면 물불 안 가리는 편이었다.

"저, 뭐부터 하면 돼요?"

리타의 안경 너머 두 눈이 의욕으로 불타올랐다.

"저기…… 그래도 요리는 계속할 거지?"

그런 그녀의 뒤에서 어딘지 애처로운 데스의 물음이 들

려왔지만, 리타의 결심을 축하하며 응원하는 말들 속에 파묻혀 아스라이 사라졌다.

2.

자이아에 바람을 타고 소문이 퍼졌다. 절망의 신전에서 오신 성녀님께서 중앙 탄전 지대에서 병자들을 치료한다는 내용이었다.

중앙 탄전은 말 그대로 자이아의 중심에 위치한 곳이었다. 자이아 내에서 유일하게 세 가문이 공동으로 관할하는 지역이었는데, 오래전 심한 화재로 인해 출입 금지 구역으로 지정되었다.

그러한 장소가 백 년이 훌쩍 지난 지금에서야 다시금 열린 것이다.

자이아에서 손꼽힐 만큼 위험한 곳 중 하나였지만, 사람들은 망설이지 않았다.

그들 눈으로 직접 목도하지 않았던가. 자신과 가족들의 목숨을 시도 때도 없이 위협하던 불길이 한순간에 진화되던 장면을.

갑작스러운 사태에 영문을 몰라 어리둥절하던 이들의 귓

가로 바람이 스쳐 가며 소식을 전해 주었다.

대 란데르트 공작가의 후계자이자, 제국의 위대한 첫 번째 정령사.

마침내 그가 황제의 명을 받고 자이아를 구원하러 왔다. 그와 더불어 그간 사리사욕만 챙기느라 영지민들의 고달픈 삶을 외면했던 룩소 남작과 마젤란 남작은 파면당했고, 대신 호메이르 남작이 통일된 자이아의 새로운 영주가 될 것이라는 사실도 함께 알려 주었다.

비록 부친의 죽음으로 어린 나이에 영주 자리에 올랐으나, 호메이르 남작의 올곧은 성품은 이미 자이아에선 유명했다. 내심 호메이르 남작령의 주민들을 부러워했던 사람들은 바율의 그러한 결정에 손뼉을 치며 환호했다.

불이 꺼진 자이아.

앞으로 이곳은 어떻게 바뀔 것인가.

한때 야만의 도시라 불리던 아리아나가 바율에 의해 새롭게 태어난 사건을 모르는 이가 없었다. 중앙 탄전으로 모여드는 시민들의 얼굴엔 저마다의 기대감이 잔뜩 어려 있었다.

"어라? 저게 뭐지?"

"엄마, 여기에 원래 저런 큰 건물이 있었어요?"

자이아의 하늘은 거의 항상 검은 연기로 뒤덮여 있기 일쑤였다. 그러나 이제 더는 그런 모습을 찾아보기란 힘들었다. 연기가 걷히고 드러난 새파란 하늘과 하얀 구름은 영지민들로 하여금 반가우면서도 낯선 기분을 들게 했다. 바로 지금처럼.

"대체 저게 뭐라니?"

"저건 이번에 지어진 신전이랍니다."

의문을 풀어 준 건 웬 젊은 사내였다. 끝도 없이 이어지는 행렬 사이에서 기다렸다는 듯 굵직한 목소리가 튀어나왔다.

"신전이요?"

"하면 저게 절망의 신전이라는 겐가?"

모녀의 물음에 사내가 답하는 순간, 뒤에서 새로운 인물이 끼어들었다. 거무튀튀한 안색의 중년 남성이었다.

대화에 직접 참여하지는 않았으나, 주변의 많은 시선이 사내에게로 집중되었다.

모이라고 해서 모이긴 했지만, 아직 제대로 아는 게 없었다. 기실 중년인이 절망의 신전을 언급한 까닭도 유일하게 접한 소문이 성녀가 그곳에서 왔다는 말 때문이었다.

"저도 귀동냥으로 들은 건데, 땅의 정령이 임시로 지은 거라고 합니다."

"저 큰 건물을…… 임시로?"

"예에. 일단 환자들을 치료하는 것이 목적이라고 하더군요. 그런 후엔 대대적인 개발이 있을 거란 말이 있었습니다!"

관심이 제게 쏠리자 신이 난 듯, 젊은 사내의 음색이 커졌다.

"역시 정령이란 게 대단하네요. 그 무시무시한 불도 단번에 꺼뜨리더니만, 저런 거대한 신전까지 순식간에 세우다니!"

"그러게 말입니다. 제 눈앞에 있다면 절이라도 하고 싶은 심정이에요."

"혹시 저 형상은 정령을 조각한 겐가?"

예의 중년인이 눈을 가늘게 뜬 채 손가락을 들어 전방을 가리켰다. 거기엔 신전만큼이나 엄청난 크기를 자랑하는 석상 하나가 한가운데에 중심을 잡듯 자리하고 있었다.

"아, 저건 절망의 신을 대표하는 조각상이라고 합니다."

"어쩐지…… 분위기가 좀 살벌하다 싶었네."

"마신이라서 그런지, 거칠고 오싹한 느낌이 드는 건 어쩔 수가 없네요."

"엄마, 갑자기 으스스한 게 꼭 누가 노려보는 것 같지 않아?"

"어머나, 너도 그러니? 나는 밤에 보면 혹 실례라도 할까 봐 무섭다."

"지금이 낮이라는 게 천만다행이네요."

석상과의 거리가 좁혀질수록 사람들은 그것을 차마 똑바로 마주 보지 못하고 고개를 돌렸다.

긴 앞머리 탓에 눈은 아예 볼 수조차 없었다. 거기에 기괴하게 한쪽으로 말려 올라간 입꼬리와 길쭉하게 튀어나온 손톱, 장대한 기골과 등에 난 검은 날개 등은 마치 당장이라도 그들을 덮칠 것처럼 위협적이었다.

절망의 신전은 최근 제국에서 가장 두각을 나타내는 곳이었다. 이제껏 세상에 나타난 적 없는 강한 신성력으로 많은 병자를 살려 내고 있으며, 주교와 사제들이 연달아 신탁까지 받았다.

그럼에도 석상을 올려다보기 힘든 건 본능적인 공포감 때문이었다. 절망의 신은 두려움과 신앙심을 동시에 불러일으키는 묘한 신이었다.

"잠시 대기하십시오! 위중한 환자는 좌측 맨 끝으로 보호자와 함께 이동하시면 됩니다! 지금부터 주의 사항에 대해 일러 드릴 테니 숙지해 주십시오!"

신전이 제법 가까워지자 누군가의 외침이 사람들의 발목을 잡았다.

숙지 사항은 아주 간단했다. 차례대로 줄을 지어 신전의 내부로 입성하면 신에게 진심으로 기도를 드리라는 것. 그러면 성녀님의 은총으로 몸이 말끔히 나을 거라고 했다. 사람들로서는 도무지 믿기 어려운 말이었다.

웅성거림은 커질 수밖에 없었다.

정말로 단지 그것만 하면 되냐는 질문이 끊임없이 쏟아졌다. 그럴 때마다 곳곳에 배치된 신전 관계자들은 앵무새처럼 같은 말만 반복했다.

하지만 의혹과 의심이 거두어지는 데엔 많은 시간이 필요하지 않았다.

신전의 내부는 영지민들의 예상보다도 훨씬 컸다. 고개를 한껏 뒤로 젖혀야지만 겨우 볼 수 있는 높은 위치에 성녀로 짐작되는 소녀가 조용히 눈을 감은 채 기도하고 있었다. 그 주변을 마치 호위라도 하듯 사제들과 성기사들이 빽빽이 둘러싼 형국이었다.

신전에 설치된 조명 탓이었을까.

그도 아니면 장내에 흐르는 엄숙한 기운 때문일까.

엄청난 인원이 한꺼번에 몰려들었음에도 실내는 되레 소란이 가라앉아 갔다. 장엄한 분위기에 압도되어 침조차 제때 삼키지 못할 정도였다.

성녀님의 기도가 끝나면 안내에 따라서 안에 있던 이들은 밖으로 나가고, 대기 중이던 사람들이 이어 들어오는 방식이었다.

뭐야?

이게 다라고?

정말 끝이라고?

기도를 마친 자들은 대개가 이런 생각을 하며 얼떨떨하게 나갔다가 뒤늦게 비명인지 환호성인지 모를 소리를 내지르곤 했다. 병의 증상이 뚜렷했던 환자일수록 그 정도가 심했다.

그들은 말로만 듣던 성녀님의 은혜를 실제로 입었다며 흙바닥에 꿇어 엎드려 감사를 표하기를 주저하지 않았다. 깊이 탄복한 그들은 절망의 신전의 신도가 되는 것을 하나같이 영광이라 여겼다.

작년보다 월등하게 강해진 리타의 치료 능력은 가히 독보적이었다. 신도들뿐 아니라 사제와 성기사들까지도 리타 앞에만 서면 고개를 제대로 들지도 못했다.

그녀의 놀라운 힘은 이내 곧 사람들의 입을 타고 제국 전역으로 뻗어 나갔다. 절망의 신의 위용과 더불어서.

"바율."

그 절망의 신이 대뜸 바율을 찾은 것은 랑트로의 복귀를 하루 앞둔 시점이었다. 한창 막바지 회의 중이던 바율은 데스의 심상치 않은 기색을 읽고 서둘러 호메이르 남작과 맥 보좌관을 밖으로 내보냈다.

"데스, 무슨 일이에요?"

"셰임 좀 불러 봐."

"…셰임을요?"

그에게서 나온 뜻밖의 이름에 바율의 눈이 동그래졌다. 그는 정령들과 썩 친하지도 않을뿐더러, 여태 녀석들 가운데 누굴 콕 찍어서 불러 달라 청한 적도 없었기 때문이다.

"아무래도 바꿔야겠어."

"뭘 말입니까?"

밑도 끝도 없는 말에 바율이 의아해하며 묻자 데스가 서늘하게 한마디 툭 내뱉었다.

"석상."

"석상이라면…… 신전 앞 길목에 세워 둔 걸 말씀하시는 건가요?"

"어. 그걸 왜 그딴 식으로 만든 거야?"

"예?"

"다들 무서워서 쳐다보지도 못하잖아. 그럴 거면 아예 만들지를 말든가. 내 체면은 생각 안 해?"

언제는 그런 걸 따지는 성격이었나요?

바율은 그렇게 되묻고 싶은 걸 겨우 추스르며 어색하게 웃었다. 요즘 리타 때문에 그의 신경이 곤두서 있음을 잘 아는 탓이었다.

"마신은 원래 사람들이 좀 두려워해야 한다면서요. 그래야 신도들이 허튼짓을 하지 않을 거라고. 데스의 입을 통해서 듣기로는 분명 그랬는데요."

"그건 맞는 말이야. 그래도 정도라는 게 있지, 저런 석상을 보고 누가 기도를 하러 오겠냐고!"

"많이들 오는데요……."

이제는 자이아뿐 아니라, 타지에서까지 이곳에 자리한 절망의 신전을 찾아왔다. 죽은 사람도 살려 낼 정도로 엄청난 치료 능력을 가진 성녀님이 나타났다며 과장된 소문이 일파만파 번지고 있었다.

"그놈들이 전부 석상 보고 욕만 한다고! 내 귀가 따갑다니까?"

"…그걸 전부 듣고 계신 겁니까?"

"내가 듣고 싶어서 듣는 줄 알아? 그냥 들리는 거지."

"그러게 먼저 랑트로 돌아가시래도요. 그러면 되는 걸, 왜 괜히 고생하십니까."

"리타가 여기 있는데 내가 가긴 어딜 가?"

데스가 그게 무슨 개풀 뜯어 먹는 소리냐는 듯 황당한 눈빛으로 바율을 쳐다보았다.

"아시겠지만, 어차피 리타는 한동안 요리할 시간도 없을 겁니다."

동요하는 데스의 눈을 차마 마주할 수 없어 바율은 시선을 살짝 피했다. 리타의 음식을 향한 그의 열정을 너무나 잘 아는지라 미안한 마음이 조금 들기도 했다.

"그래도 바쁜 시기만 잘 보내면 다시 좋은 날이 올 테니, 데스가 참아 주세요. 마계의 위상을 높이기 위해서도 꼭 필요한 절차입니다."

"누가 그걸 몰라?"

입이 댓 발 나왔으면서 데스는 짐짓 괜찮은 척 굴었다.

"아무튼, 얼른 셰임한테 석상이나 손보라고 해."

이제 와서 굳이 왜 그래야 하는진 모르겠다만, 바율은 일단 데스의 기분을 풀어 주고자 고개를 끄덕였다.

"알겠습니다. 그럼 정확히 어디를 어떻게 고치면 되겠습니까?"

"우선 손톱. 그거부터 없애."

"그리고요?"

"입도 너무 한쪽으로 올라갔어. 내가 언제 그렇게 웃는다고."

누군가를 죽이고 싶을 때면 나오는 데스의 전매특허 표정이라고 할 수 있었다. 하지만 바율은 이번에도 조용히 입을 다무는 쪽을 선택했다.

"더 있습니까? 날개도 치울까요?"

"아니, 그건 그냥 뭐. 리타랑 잘 어울린다고 하더라고."

"…리타랑 날개가요?"

"응."

데스의 여상한 대답에 바율은 잠시 홀로 생각에 잠겼다가 다시 말을 이었다.

"혹시 석상의 형태를 바꾸시고 싶은 이유가 리타 때문입니까?"

"오늘 어떤 새끼가 그러더라. 이토록 아름답고 자애로운 성녀님께서, 어떻게 이런 무시무시한 신을 모시게 되었는지 당최 모르겠다고. 나중에 나처럼 변할까 봐 무섭다나 뭐라나? 그 자리에서 목을 비틀어 버리려다가 간신히 참았어."

"그러셨군요……."

깜박 잊고 있었다. 리타의 요리뿐 아니라, 리타 자체에 대한 데스의 집착이 어느 정도인지를.

더 이상의 대화는 무의미하다는 걸 직감하며 바율은 근처에 있을 셰임에게 부탁했다. 최대한 무섭지 않고 리타와 잘 어울린다는 말을 들을 수 있게끔 다시금 조각상을 만들어 달라고.

셰임은 그 즉시 실행에 나섰고, 마침 석상 주변에 있던 사람들은 실시간으로 변형하는 조각상의 모습을 지켜보며 놀라움을 금치 못했다.

"와, 절망의 신이 실제로 이렇게 생겼을까?"

"저 부드러운 눈매 좀 봐."

"이러니 성녀님이 탄생하신 거겠지."

"역시 우리 성녀님과 너무 잘 어울리신다. 그치?"

이제 더는 석상을 보고 아무도 눈길을 돌리지 않았다.

'후후.'

데스는 어쩐지 밥을 먹지 않아도 배가 부른 듯한 기이한 기분에 휩싸였다. 실로 처음 느껴 보는 감정이었다.

3.

내일이면 바욜이 랑트로 떠난다. 그런 그를 위한 연회가 호메이르 남작의 처소에서 개최되었다. 비록 성대하진 않았지만, 그래도 그가 자이아에 온 이후 처음 열리는 파티였다.

"란데르트 백작님 같은 분을 내내 이런 곳에서 모시게 되어 정말 송구합니다. 시간이 조금만 더 있었어도 제대로 된 자리를 마련해 보았을 텐데…… 참 아쉽습니다."

"스탠리."

"네, 란데르트 백작님."

바율의 부름에 호메이르 남작이 숙이고 있던 머리를 번쩍 들었다.

"우리 서로 이름 부르기로 하지 않았던가요? 형, 동생 하기로 했던 거 같은데. 설마 벌써 잊은 건가?"

"아, 아닙니다! 제가 그걸 어찌 잊겠습니까? 그저 지금은 송별회이니만큼, 응당 예를 차리는 게 옳을 듯해서……."

시작은 라나사였다. 어쩌다 그녀와 먼저 그런 호칭을 쓰다 보니, 바율과 친구들도 자연스럽게 따라가게 된 것이다.

처음 바율에게서 스탠리라 불리었을 때, 호메이르 남작은 하늘을 붕 뜨는 듯한 기분을 맛보았다. 그리고 제가 감히 그를 형이라 불렀을 땐, 가슴이 벅차 말을 채 잇지 못하였다.

어느 누가 상상이나 해 보았겠는가.

자이아를 구하러 와 주신 것만으로도 감사해서 몸 둘 바를 모를 지경이거늘, 기실 스탠리는 지금도 이런 상황이 마냥 꿈같았다.

"꼭 다시는 안 볼 것처럼 말하네."

"예에? 저는 절대로 그런 뜻으로……."

"하하, 농담이야. 뭘 그렇게 놀라고 그래."

붉어졌던 얼굴이 순식간에 창백해지는 호메이르 남작을 보며 바율은 낮은 웃음을 터뜨렸다. 올해 열일곱 살이 된 그에게는 미안한 말이지만, 바율은 그가 퍽 귀여워 보였다.

영지 문제를 논하거나, 영지민을 상대할 때와는 천지 차이였다. 저 순진하고 여린 구석 어디에 그런 강단이 숨어 있었는지 의문이 들 정도였다. 한편으로는 대견하다 싶기도 했다.

"공식적인 자리이든 아니든, 우리끼리 있을 땐 편하게 지내자는 얘기야. 아카데미에선 다들 그냥 나를 바율이라고 부르거든. 사실 나로선 그게 더 편하기도 해."

특무 대신이 된 후로 아버지인 란데르트 공작보다도 더 바쁘게 지내는 바율이었다. 그래선지 요즘 들어 평범한 학생으로서의 삶이 한층 더 소중하게 느껴졌다.

보통의 학생들이 방학이 오기만을 기다리는 반면, 바율은 개강 날짜를 손꼽아 고대하는 중이었다.

"어제도 말했지만, 내 도움이 필요하면 언제든 요청하고."

"이제까지 해 주신 것만으로도 그 은혜를 어찌 다 갚아야 할지 막막합니다. 영지민들의 안색이 얼마나 밝아졌는지, 형님께서도 보셨지요? 전 맑은 공기로 숨을 쉰다는 느낌이 어떤 건지 이번에 알았습니다."

백 년이 넘게 타오르던 불길은 생각보다도 많은 것을 앗아 갔었다. 그래서 뒤늦게 되찾은 평화가 더욱 그 가치를 발했다.

낮에는 시리도록 푸른 하늘이, 밤이 되면 별들이 쏟아질 것처럼 빛났다. 폐부를 적시는 청명한 공기와 깨끗한 식수. 사람들은 마음껏 호흡했고, 정화된 물을 마시며 서로의 안부를 물었다.

여타 도시에선 일상적인 풍경이겠지만, 언제 불이 튀어오를지 모르는 불안한 지대에서 병든 몸으로 하루하루를 근근이 살아가던 자이아의 시민들에겐 엄청난 변화이자 행복이었다.

코를 찌르던 매캐한 냄새, 시야를 흐리게 하던 검은 연기. 두통과 기침은 물론 구토까지 불러일으키던 그 모든 것이 사라졌다. 그 자리를 대신하는 건 이제 아이들의 천진한 웃음소리와 황금빛 미래를 상상하는 어른들의 근심 없는 미소였다.

"내가 마지막 선물이 하나 더 남아 있다고 말했던가?"

"마지막 선물이요?"

호메이르 남작은 금시초문이었다. 이미 너무 많은 것을

받았다. 그는 진심으로 그리 생각했다.

화재 진압과 성녀님의 은덕은 말할 것도 없거니와, 땅의 정령의 도움으로 황폐했던 대지에 거짓말처럼 나무와 풀들이 자라기 시작했다.

뿐인가.

어마어마한 자산가인 라나사 덕에 현재 자이아는 건물과 도로 공사가 한창이었다. 그녀가 아낌없이 쓰라며 호메이르 남작에게 내준 것은 무려 백지 수표였다.

지금 당장은 그간의 재난으로 인해 영지의 재정 상태가 그리 좋지 않지만, 자이아는 여전히 제국 최대의 탄전을 보유한 곳이었다. 도시 정비가 끝나고 다시 광산업에 착수한다면 라나사에게 빌린 금액쯤은 금방 갚을 수 있을 것이다.

하지만 아직 경험이 미흡한 호메이르 남작은 미처 거기까진 생각하지 못했다. 자나 깨나 영지민들의 안전만 걱정하며 발로 뛰어 온 그이기에 더욱 그랬다.

영주로서 갖춰야 할 덕목은 완벽하나, 그에 비해 이론적으로 빈약함이 많은 그를 위해 맥 보좌관은 관리인을 추천하기도 했다.

"그런 게 있어. 이노센트가 티는 안 내도 은근 샘이 났던 모양이야. 자기가 먼저 하고 싶어 하더라고."

"이노센트라면……."

스탠리의 고개가 연회장의 한구석으로 향했다. 그곳엔 이노센트와 토파즈, 그리고 퓌르가 잉그리드와 함께 물방울을 만들며 놀고 있었다. 그 모습을 퀸과 에이단이 뿌듯한 눈길로 바라보고 있었다.

"저 꼬맹이가 원래 성질이 좀 그래."

곁에서 스피넬과 노닥거리던 일라이가 불쑥 끼어들더니 눈살을 찌푸렸다.

"우리 스피넬에게 온 관심이 쏠리는 게 기분 나쁜 거지. 근데 사실 그게 당연한 거 아니냐? 자기가 여기 와서 별로 활약한 것도 없고 말이야."

"이노센트가 한 게 왜 없어? 오염된 물을 다 정화한 게 누군데."

"퀸."

분명 조금 전까지 저쪽에 있었는데, 이야기가 들렸는지 어느 틈엔가 퀸이 다가와 이노센트의 역성을 들었다. 그러자 친구들이 몰려들며 약속이라도 한 듯 끌끌 혀를 차 댔다.

"얘들 또 시작이다."

"물과 불은 정말 상극인가 봐."

"어쩜 이렇게 한결같은지……."

"나는 있는 그대로를 말했을 뿐이거든?"

퀸의 새파란 눈동자가 사실을 직시하라는 양 친구들을 지나 일라이를 똑바로 노려보았다. 스피넬이 불의 정령왕이 된 건 마땅히 축하해야 할 일이지만, 이런 식으로 이노센트를 깎아내리는 행위는 용납할 수 없었다.

"와, 이 자식 눈빛 봐. 아주 한 대 치겠다, 치겠어. 내 입으로 이런 말 또 하고 싶지 않았는데, 인어국에서의 일을 자꾸 잊는 것 같단 말이지."

"…생색을 대체 언제까지 낼 건데?"

말투는 여전히 차가웠지만, 그래도 의식이 된 탓인지 시선만큼은 많이 누그러졌다. 그에 자신감이라도 얻은 듯 일라이가 어깨를 으쓱이며 말했다.

"평생?"

"뭐야?"

"아니다. 죽어서 눈을 감는 날까지로 정정할게."

그게 그 소리잖아!

퀸은 튀어나오려는 욕을 가까스로 억눌렀다. 예전엔 스스로 감정 조절을 꽤 잘한다고 여겼는데, 왜 이 녀석과 있으면 자꾸 휘말리는지 모르겠다.

'진정하자. 왕세자로서의 체통을 지켜야지.'

이럴 땐 정신 연령이 높은 쪽이 참는 게 답이었다. 퀸은 작게 한숨을 몰아쉬고는 일라이에게서 신경을 껐다.

"도련님! 이것 좀 드셔 보세요!"

리타가 연회장에 들이닥친 것은 그때였다. 뚜껑이 덮인 거대한 쟁반을 양손에 든 채 그녀가 뒤뚱뒤뚱 걸어 들어왔다.

"이런 건 날 시켜."

어디선가 데스가 바람처럼 날아와 리타에게서 냉큼 쟁반을 가져갔다.

"데스 씨가 몰래 다 먹어 버리면 어쩌라고 이걸 맡겨요?"

지금이야 보는 눈들이 많아 감시할 수 있다지만, 리타에게 그건 어림도 없는 수작이었다. 동생들이 없으니 요리하는 걸 돕겠다던 그의 손길도 냉정하게 뿌리친 그녀가 아니던가.

리타에게 데스란 언제나 경계하고 경계해야 할 위험 분자였다.

"리타, 좀 쉬라니까."

오랜만에 앞치마를 두른 리타의 모습에 데스가 반색한 것과 대조적으로, 바율은 마음이 무거웠다.

안 그래도 몰려드는 병자들을 치료하느라 바쁜 나날을 보내고 있는 그녀였다. 쉬어도 모자랄 시간에 군이 체력 낭

비를 해 가며 요리를 할 필요가 전혀 없는데도 녀석은 당최 말을 듣지 않았다.

"저는 이게 쉬는 거예요."

"거짓말하지 마."

"진짜라니까요? 저 완전 멀쩡해 보이지 않나요?"

리타가 고개를 이리저리 돌려가며 바율의 친구들에게 물었다.

"그러게. 평소랑 다른 점을 못 찾겠는데?"

"신전 일이 생각보다 별로 안 힘든 건가?"

"평소보다 팔팔한 거 같아."

리타의 당당한 태도에 친구들은 바율의 속도 모른 채 보이는 대로 즉각 대답했다.

"그것 보세요, 도련님. 저 진짜 괜찮다니까요?"

리타가 데스에게 탁자의 한 부분을 손으로 가리키며 내려놓으란 신호를 보냈다.

"그리고, 내일이면 랑트로 돌아가시잖아요. 이곳에서의 마지막 날인데 도련님 식사는 제 손으로 챙겨야죠."

절망의 신전의 성녀가 되어 제국 전역으로 이름을 드높이고 있는 와중에도 리타의 중심은 어김없이 바율이었다.

사실 마음 같아선 그녀도 내일 바율을 따라나서고 싶었다. 하지만 자이아엔 아직 아픈 이들이 있었고, 차마 그들을 외면할 수는 없었다. 게다가 그들을 치료하는 게 도련님을 돕는 일이라는 것 역시 이제는 잘 알기에 애써 의연해 보이려 노력 중이었다.

"난 아무거나 먹어도 된다고 했잖아."

저를 생각하는 리타의 진심을 바율이라고 왜 모르겠는가. 그 역시 데스처럼 리타가 해 준 음식이 제일 맛있기도 했다.

그러나 자신 때문에 갑작스레 뜻하지 않은 성녀의 길을 걷게 된 녀석이었다. 그런 리타가 이전처럼 계속 주방에서 일하는 모습을 보는 건 마음이 불편했다.

신전과 관계된 일만 하는 데도 많은 피곤함이 따를 것이다. 해서 바율은 여가 시간엔 리타가 되도록 편히 쉬었으면 하는 바람이었다.

"도련님."

음식의 뚜껑을 열려다 말고 리타가 정색했다.

"아무거나, 라니요! 도련님은 절대 아무거나 드시면 안 되죠!"

"아니, 내 말은……."

"아무거나 먹어도 되는 사람은 말이죠. 여기 데스 씨에나 해당되는 거예요."

"…어?"

"상한 음식을 먹어도 탈이 안 나는 유일한 사람일걸요?"

사람 아닌데…….

그 순간, 우습게도 바율과 친구들은 저도 모르게 그리 대꾸할 뻔했다.

"못 먹게 돼서 버리려고 모아 둔 음식들을 어찌나 몰래 잘 빼먹는지 몰라요. 신기한 건 그러고도 몸에 아무런 이상이 없다니까요?"

"데스…….."

"그 정도였어요?"

버리려던 것들까지 먹을 만큼 리타의 음식이 맛있었던 겁니까?

바율과 친구들은 새로 알게 된 사실에 경악했다. 데스가 리타의 음식이라면 환장한다는 걸 익히 알고는 있었지만, 정녕 이 지경까지 망가져 있는 줄은 몰랐다.

"맛만 좋던데, 뭘."

대수롭지 않게 답하는 데스의 시선은 내내 탁자 위에 못이라도 박힌 듯 고정되어 있었다.

그에게는 장장 수십 일 만에 찾아온 황금 같은 기회였다. 데스가 얼마나 목이 빠지도록 리타의 음식을 그리워했는지는 바율도 잘 아는 바였다.

"그럼 우선 식기 전에 먹도록 할까?"

결국 바율은 데스를 위해서라도 리타의 열의를 감수할 수밖에 없었다.

"헤헤, 제가 준비한 건 돼지고기 앞다리에요! 오랜 시간 푹 익혀서 얼마나 부드러운데요! 매운 양념까지 발랐으니, 그간 쌓였던 스트레스가 팍팍 날아갈 거랍니다!"

리타의 장담은 허언이 아니었다. 식욕이 없다던 퀸까지 맛있다며 쉴 새 없이 포크를 움직였다.

데스는 말할 것도 없었다. 그는 거의 광기에 휩싸여서는 먹고 또 먹었다. 기다린 시간이 결코 아깝지 않았다.

일행은 그렇게 리타의 요리 실력에 새삼 감탄하며 자이아에서의 마지막 밤을 즐겁게 만끽했다.

Chapter 2.
복귀

1.

쏴아아!

후드득후드득 내리기 시작한 비는 어느 순간 폭포수처럼 쏟아졌다. 거대한 불길과 만나 엄청난 수증기를 뿜어내던 지난날과 달리, 이제는 싱그러운 풀 내음이 자이아 전역으로 번졌다.

"미우우!"

일행을 태운 채 허공에서 날개를 펄럭이던 잉그리드가 고개를 쭉 내밀더니 긴 울음을 토했다. 그러자 에이단이 웃음을 터뜨리며 녀석의 머리를 쓰다듬었다.

"잉그리드, 이노센트가 그렇게 자랑스러워?"

"미우!"

"누가 절친 아니랄까 봐, 아주 제일 신났네."

자이아를 떠나기 전 바율이 마지막으로 준비한 선물은 바로 시원한 빗줄기였다. 사대 정령의 활약에 힘입어 살기 좋은 도시로 탈바꿈 중인 자이아에 그가 선사하는 특별한 비였다.

"그러니까 이 빗물에 이노센트의 고유 능력이 담겨 있다는 거지?"

라나사가 팔을 쭉 뻗고는 손바닥에 꽂히는 물방울을 유심히 들여다보았다. 일라이의 실드 마법이 우산처럼 덧씌워진 상태였기에 그녀의 손만 겨우 비와 닿을 수 있었다.

"근데 그냥 보는 것만으로는 일반적인 비와 어떤 차이가 있는 건지 잘 모르겠는데?"

"인어국에서 달리아를 치료했던 종류와는 좀 달라. 이건 누군가를 콕 짚어서 낫게 하는 게 아니라, 자이아 전체를 치료하는 효과라고 보면 돼."

"이 넓은 땅 전부를?"

"응. 근본적인 원인을 해결하긴 했어도 그간 너무 메말라 있었잖아. 촉촉하게 적시고 나면 풀과 나무가 더 싱싱하게 잘 자랄 거야."

"그럼 혹시 이 비를 맞은 사람들 몸도 건강해지려나?"

"눈에 띄는 변화는 없겠지만, 그래도 도움은 될 것 같아."

"알면 알수록 정령의 힘은 참 대단하구나."

나직이 중얼거리던 라나사가 돌연 빙그레 미소 지으며 바율을 향해 속삭였다.

"이노센트가 바율 네게 어지간히도 칭찬받고 싶었던 모양이지? 먼저 비를 내리겠다고 얘기한 걸 보면."

"글쎄. 그럴 수도 있겠지만, 아무래도 물의 정령왕으로서 뭔가를 더 해 주고 싶었나 봐. 수하들이 생겨서 그런지 책임감도 생긴 것 같고."

친구들의 눈에 이노센트는 여전히 천방지축이었지만, 적어도 바율은 녀석의 마음가짐이 전과는 꽤 달라졌다는 걸 많은 부분에서 느낄 수 있었다.

요새 그런 녀석의 최대 고민거리는 하급 정령을 어떤 생김새로 태어나게 하느냐는 것이었다. 그에 대해 토파즈와 퓌르를 데리고 이야기를 나눌 때면 그 분위기가 얼마나 진지하던지, 바율은 매번 웃음을 참느라 고생이었다.

"잉그리드, 슬슬 다시 출발하자."

자이아엔 이제 한동안 비가 내릴 것이다.

빗줄기를 뚫고 날아가는 잉그리드의 등 위에서 바율은 조금 염려스러운 눈빛으로 아래를 내려다보았다. 그곳엔 언젠가부터 자이아에서 가장 신성한 장소로 취급받는 절망의 신전이 우뚝 솟아 있었다.

'리타……'

새벽부터 일어나 바율에게 인사를 남긴 녀석은 이후 곧바로 신도들을 맞이하러 나갔다.

성녀로서의 삶이 리타에겐 과연 어떤 의미로 자리 잡게 될까.

외딴곳에 녀석만 두고 떠나는 마음이 결코 편치 않았지만, 지금 바율이 할 수 있는 건 그저 믿는 것뿐이었다.

'데스, 리타를 잘 부탁합니다.'

그나마 그녀에게 미친(?) 데스가 함께 있기에 안전만큼은 안심이었다. 얼른 자이아가 회복해서 리타가 제 곁으로 돌아오길 바라며 바율은 어렵게 눈길을 거두었다.

"근데 얘들아, 내가 생각이란 걸 해 봤는데 말이야."

잉그리드가 다시 날기 시작한 지 얼마 되지 않았을 때, 에이단이 문득 엉뚱한 말을 내뱉었다.

"우린 절대 쉽게 죽지 않겠다."

"갑자기 그게 무슨 해괴한 소리야?"

"치료사가 셋이나 있잖아, 셋!"

에이단이 손가락을 세 개 펼치며 강조했다.

"이노센트랑 리타, 그리고 여기 있는 퀸까지. 심지어 이 녀석은 바율을 살려 낸 전적도 있다고."

"아, 그러고 보니 그러네."

물의 정령왕이 되면서 남을 낮게 해 줄 수 있는 고유 능력이 생긴 이노센트와 이제 제국에서 가장 유명한 성녀가 된 리타. 거기에 다른 사람의 상처를 가져와 자가 회복을 하는 퀸까지 합하면 정말로 치료사가 셋이나 되었다. 그것도 그저 그런 수준이 아닌, 엄청난 괴물 치료사가.

"왠지 이대로 천족이 공격해 들어와도 이길 수 있을 것 같지 않아? 웬만한 부상은 다 회복할 수 있으니까."

"그렇게 단순하게 생각할 문제는 아니지."

에이단의 말이 꼭 틀린 건 아니지만, 로건은 한 가지를 짚고 넘어갔다.

"즉사하게 되면 치료사가 있으나 마나이니까."

"야, 로건. 너는 무슨 얘기를 그렇게 살벌하게 받아치고 그러냐? 그건 좀 무섭잖아. 난 그저 우리가 가진 이점에 대해 말했을 뿐이라고."

"주신을 상대로 하는 전쟁이야. 당연히 최악의 수도 염두에 두어야지. 싸움과 전술 시간에 배운 거 잊었어?"

"나도 너랑 같은 기사학부 수석이거든?"

로건이 잘난 척이라도 한다고 여겼는지 에이단의 눈매가 가늘어졌다. 녀석의 언성이 더 높아지기 전에 바율은 손을 휘저으며 끼어들었다.

"둘 다 맞는 말이야. 에이단의 말뜻도 알겠고, 로건이 뭘 걱정하는지도 알겠어. 근데, 그런 건 나중에 생각해 보자. 일단 지금은 고된 임무를 끝내고 돌아가는 길이잖아."

"그래, 이번 방학은 너무 일이 많았어. 역모 사건에, 인어국이랑 자이아까지. 별로 쉬지도 못했는데 바로 개강이야."

라나사가 바율의 의도를 눈치채고 화제를 자연스레 아카데미 쪽으로 돌렸다.

"벌써 3학년 2학기라니, 시간 참 빠르지 않니? 내년이면 우리가 졸업한다는 게 실감이 안 난다."

"와, 입학한 게 엊그제 같은데…… 졸업을 떠올리는 순간이 올 줄이야."

"그럼 그땐 뭐 해서 먹고 살지?"

가업은 절대로 잇지 않겠다고 미리부터 선포한 에이단이었다. 당연히 어떤 원조도 없을 것이기에 어디론가 취직을 해야 하는데, 여태 마땅히 생각해 둔 바가 없었다. 그걸 이제야 깨달은 게 문제였다.

"난 만월 기사단에 들어갈 거야."

그에 반해 라나사는 변함없이 확고했다. 큰아버지인 세이모어 백작이 틈날 때마다 가문의 기사단에 들어오라며 그녀를 꼬드기고 있었지만, 앞으로도 고집을 꺾기란 요원해 보였다.

"바율이야 지금처럼 바쁘게 지낼 게 뻔하고. 퀸, 너는 인어국으로 돌아가겠지? 로건도 장남이니 칠흑의 기사단을 이을 테고."

인제 보니 자기만 빼고 죄다 앞길이 정해져 있었다며 에이단이 구시렁거렸다. 그러다 녀석이 이상하다는 듯 일라이의 어깨를 툭 쳤다.

"근데 라이, 넌 아까부터 왜 아무 말이 없냐?"

"맞아. 무슨 생각을 그렇게 해?"

평소라면 에이단과 더불어 가장 시끄럽게 굴고도 남을 녀석이거늘, 무슨 일인지 조용했다. 리타를 두고 오는 데 정신이 팔려 미처 녀석까지 살필 겨를이 없었던 바율은 그제야 걱정이 되었다.

"라이, 어디 아파? 혹시 드래곤도 병에 걸리는 거야?"

"…뭐?"

단언컨대 태어나서 처음 들어 보는 질문이었다. 그에 일라이는 어이가 없는 한편 웃음이 새어 나왔다.

"바율, 드래곤은 이 세상에서 가장 완벽한 생명체야. 병따위가 우릴 이길 수는 없지."

"하하. 역시 그렇지?"

"그럼 여태 혼자 뭔 생각을 한 건데?"

녀석이 본격적으로 자화자찬을 시작하기 전에, 눈치 빠른 에이단이 서둘러 말을 돌리며 물었다. 그러자 일라이가 저만치에서 날아가는 스피넬을 턱 끝으로 가리켰다.

"왜 안 만들지?"

"…응?"

"이노센트는 상급이랑 중급까지 만들었잖아. 근데 스피넬은 왜 아무 소식이 없냐고."

"아…… 너, 그거 기다리고 있었냐?"

친구들은 왠지 김이 빠졌다. 그럼 그렇지, 하는 기색들도 표정에 고스란히 드러났다. 모르는 사람이 보면 정령사가 바율이 아니라 일라이라고 착각하고도 남을 만했다.

"당연한 거 아니냐? 난 스피넬이 어떤 녀석들을 만들어 낼지 궁금해서 잠도 안 온다고. 너희는 안 그래?"

"우리도 궁금하기야 하지."

잠도 안 올 정도는 아니지만.

바율과 스피넬이 어련히 알아서 할 테니까.

"바율, 넌 무슨 이유 때문인지 알아?"

일라이가 바율에게 얼굴을 바짝 드밀며 간절한 눈빛을 보냈다. 그 일련의 행동에 에이단은 기가 막혀 절로 인상을 찌푸렸다.

"야, 궁금하면 스피넬에게 직접 물어봐도 되잖아. 둘이 그렇게 친하면서, 아직도 안 묻고 뭐 했대?"

"친한 사이일수록 조심하란 말도 모르냐, 넌?"

"뭐?"

"스피넬에겐 중요한 순간이잖아. 무슨 이유인지도 모르고. 그러니 함부로 묻는 건 예의가 아니지."

넌 어떻게 그런 기본적인 것도 모르냐는 듯 일라이가 눈을 흘겼다.

바율은 웃으면서 대꾸했다.

"라이, 바로 그거 때문이야."

"응?"

"스피넬은 지금 어느 때보다 신중하거든. 수하를 만드는 건 아주 중요한 일이니까."

"아, 역시…… 그런 거였구나!"

일라이도 어렴풋이 짐작을 하고는 있었다. 그래서 조급한 감정을 드러내지 않기 위해 노력했던 것이고.

"어떻게 이런 점까지 나랑 비슷하지?"

"저……."

일라이가 별것도 아닌 일로 뿌듯해하는 그때, 별안간 스피넬이 일행에게로 날아왔다.

"라이 님께 여쭤보고 싶은 게 있습니다."

"나한테? 그래, 뭐든 물어봐!"

혹시 내 말을 들은 건가?

그러면 본인이 괜한 부담을 준 셈이었다. 일라이는 혹여나 하는 마음에 미안한 생각이 들었다.

"저도 상급 정령을 만들려고 하는데요. 괜찮으시다면…… 그래도 될까요?"

"응? 뭐라고?"

자책하느라 미처 제대로 듣지 못했다. 스피넬의 목소리가 작은 탓도 있었지만, 일라이의 머릿속을 맴도는 건 상급 정령이라는 단어였다.

"이왕이면 드래곤의 모습을 본떠서 만들고 싶습니다. 물론 크기는 훨씬 작겠지만요."

"…그러니까 지금, 상급 정령을 나와 같은 드래곤의 형태로 만들겠단 뜻이야?"

"네. 하지만 라이 님이 싫으시다면 그러지 않겠습니다."

"아니야! 싫기는!"

흥분한 일라이가 벌떡 몸을 일으켰다. 그 바람에 잉그리드의 몸체가 약간 흔들렸다.

"완전 좋아! 아니, 대박 좋아! 스피넬, 그럼 여태 그거 고민하느라 못 만들었던 거야?"

"아무래도 라이 님은 마지막 남은 레드 드래곤이시니만

큼, 기분이 상하실 수도 있겠다 싶어서요."

"생각만 해도 귀여운데 그게 무슨 소리야!"

말하진 않았지만, 기실 그건 오히려 일라이가 바라는 바였다. 이노센트가 인어의 모습을 한 퓌르를 탄생시킨 걸 보고 얼마나 부러웠는지 모른다.

게다가 생전 처음으로 만드는 정령을 드래곤의 형태로 창조하겠다니.

저에 대한 스피넬의 마음을 엿본 것 같아 기분이 하늘을 날 듯이 좋아졌다.

"중급이랑 하급도 생각해 봤어?"

"아니요. 아직 고민 중입니다."

"그래. 그래. 아무렇게나 막 만들면 안 되지."

신중한 건 절대 나쁜 게 아니라는 둥, 분명 멋진 녀석들이 태어날 거라는 둥 일라이가 신이 나서는 마구 떠들어 댔다.

그런 녀석을 바라보던 바율과 친구들은 서로를 돌아보며 소리 없는 웃음을 지었다.

'재도 중증이다.'

'확실히 정상은 아니야.'

'재, 지금 라이 얘기할 때의 이사장님이랑 똑같지 않냐?'

시답잖은 대화를 나누다 보니 어느새 랑트에 도착했다. 잉그리드의 나는 속도가 빨라진 것도 있지만, 하늘길을 찾아내는 능력 역시 월등하게 발전한 덕분이었다.

이제 친구들과는 잠시 작별을 해야 한다. 바율과 라나사, 이언이 먼저 하차하고, 다른 친구들은 가까운 순서대로 에이단이 데려다주기로 했다. 맥 보좌관은 늘 그랬듯 바율을 대신해서 황궁으로 가 보고를 올릴 예정이었다.

라나사의 말처럼 이번 여름 방학은 참으로 다사다난했다. 전부 나열할 수 없을 만큼 많은 사건이 벌어졌고, 그로 인해 다양한 변화가 있었다.

'알레그리아.'

개중 가장 신경이 쓰이는 부분은 기쁨의 신과의 대면이었다. 불현듯 나타나 주신에 대한 경고를 해 주고 떠난 그녀.

바율은 어째선지 머지않아 그녀와 다시 만날 것만 같은 예감이 들었다.

2.

길고 긴 여름 방학이 끝나고 캐링스턴 아카데미의 정문

이 다시금 활짝 열렸다. 원래도 학기 중엔 월요일 아침이면 늘 붐비는 곳이었지만, 막 새 학기에 들어섰을 때 비할 바는 아니었다. 학생들을 태운 마차의 행렬이 언덕 아래로 끝이 보이지 않을 만큼 이어졌다.

마부들에겐 짭짤한 수익을 올릴 기회이기에 마차 대부분의 이동 속도가 보통 때보다 훨씬 빨랐다. 그 탓에 위험한 상황이 더러 연출되었지만, 그때마다 어디선가 바람이 불어와 자연스레 교통정리를 해 주었다.

예전이라면 갑작스러운 상황에 영문을 몰라 고개를 갸웃했을 것이다. 하지만 이제는 다들 알았다. 이 모든 게 바람의 정령 덕이라는 걸.

"템페스타 님, 감사합니다!"

"란데르트 백작님, 고맙습니다!"

누군가는 허공에 대고 그리 외치기도 하였다. 아카데미 정문 위에서 책상다리를 한 채 그 모습을 지켜보던 템페스타의 입꼬리가 연신 실룩거렸다.

스피넬까지 정령왕이 되면서 눈에 띄게 의기소침해진 녀석을 위해 바율이 내린 특단의 조치가 다행히 어느 정도 먹히고 있었다.

템페스타의 성격을 아는 바율은 부러 녀석에게 이것저것을 부탁해 아낌없이 칭찬을 퍼부어 주는 중이었다.

소소하게라도 성취감을 맛보다 보면 곧 자존감을 회복하리라고 생각한 것이다.

그런 경험 때문인지 이전에는 종종 짓궂은 장난으로 여러 사람을 곤란하게 하던 녀석이 근래엔 여기저기 도움을 주고 싶어서 안달이었다.

바율에게 바람이 하나 있다면, 템페스타가 제발 이대로 조용히 지내다가 셰임보다 먼저 정령왕이 되는 것이었다. 셰임에겐 조금 미안하지만, 그러면 분명 이런 자신의 마음을 이해해 줄 거라 믿었다.

"바아유울!"

마침내 올 게 왔구나.

바율은 기숙사에 들러 간단하게 먼저 짐을 푼 뒤 사물함을 정리하고 있었다. 그러자 이맘때면 으레 그렇듯 슈빅이 복도가 떠나가라 바율의 이름을 외치며 달려왔다.

"안녕, 슈빅. 여름 방학 잘 보냈어?"

보나 마나 엄청난 질문 공세가 쏟아질 테지만, 그렇다고 오랜만에 만난 친구가 반갑지 않은 건 아니었다. 바율은 사물함을 닫고 슈빅을 향해 웃으며 돌아섰다.

"나야 당연히 잘 지냈지. 서핑이랑 수영을 아주 질리도록 했다!"

"얼굴 보니까 그런 것 같아."

안 그래도 녀석의 까만 피부가 더욱 시커멓게 타 있었다.

"아차차! 내 정신 좀 봐. 지금 한가하게 이런 안부 인사나 주고받을 때가 아니지!"

바율의 질문에 신나서 답한 자신을 책망이라도 하듯 슈빅이 스스로 머리를 콕 쥐어박았다.

"말해 봐. 네가 진짜 절망의 신전 최초의 성현이야?"

"응, 어쩌다 보니 그렇게 됐네."

"헐!"

바율이 어깨를 으쓱하며 순순히 대꾸하자 슈빅이 입을 쩍 벌리곤 경악했다. 이미 충분히 소문으로 퍼져 있던 사실을 확인만 해 주었을 뿐이다. 그런데도 뭐가 그리 놀라운지 녀석은 한동안 아무 말도 하지 못하고 눈만 슴벅거렸다.

"대애박! 역시 차원이 달라! 이쯤에서…… 나 정말 진지하게 딱 하나만 묻자. 바율, 너 인간은 맞냐?"

"뭐?"

"아무리 봐도 아닌 것 같아서 그래. 세상에 어떻게 너 같은 인간이 있을 수 있지? 자연을 자기 마음대로 다루는 것만으로도 신기해 죽겠는데, 거기에 최초의 성현이라니! 그것도 고작 열여덟 살에! 너, 혹시 드래곤 아니야? 인간으로 변신해서 유희 중인 드래곤 아니냐고!"

기실 그런 존재가 아주 가까이에 둘이나 있긴 하지만, 슈빅이 그러한 사실을 알 날은 절대 오지 않을 것이다.

일라이가 지금 옆에 있었다면 어떤 표정을 지었을까?

그러고 보니 녀석의 정체를 모르기 전, 에이단도 이와 비슷한 말을 했던 적이 있었다. 그때 지나치다 싶을 만큼 화를 내던 일라이의 모습이 불현듯 떠올랐다.

엘프들도 익히는 데 10년이 넘게 걸린다는 산스카인어를 1년 만에 터득했다고 으스댈 때 의심했어야 했는데.

과거로 돌아간다 해도 응당 상상조차 하지 못할 게 분명하지만, 문득 든 옛 기억에 바율은 피식 미소가 지어졌다.

"갑자기 웃긴 왜 웃어? 그러면 내가 무섭지! 설마 진짜로……?"

슈빅이 한 걸음 뒤로 물러나며 바율을 수상쩍다는 듯 위아래로 훑었다.

"오해하지 마. 그냥 네 말이 웃겨서 그래."

"아닌데…… 방금 온몸에 소름이 쫙 끼쳤다고. 바율, 너뭐 있지? 그치?"

슈빅의 촉이 발동했다. 녀석이 어서 실토하라는 듯 다짜고짜 바율의 멱살을 붙잡았다.

퍽!

"으아악!"

그러나 본격적으로 흔들기도 전, 누군가에 의해 슈빅의 몸이 붕 떠올랐다. 녀석의 엉덩이가 그대로 바닥과 충돌했다.

"라나사!"

바율은 깜짝 놀라 소리쳤다. 언제 어느 틈에 다가왔는지 라나사가 바로 곁에서 슈빅을 내려다보고 있었다.

"슈빅, 아무래도 오늘이 네가 예언한 날인 것 같지 않니?"

"…예언?"

슈빅이 인상을 찡그린 채 천천히 몸을 일으켰다. 세게 넘어지지 않아 통증은 없었지만, 어찌 됐든 예상치 못한 순간에 이런 식으로 자빠지니 기분은 썩 좋지 않았다.

"왜, 저번에 그랬었잖아. 언젠가는 나에게 맞을 거 같다면서."

"그걸…… 들었어?"

"내가 청력이 좀 예민한 편이라."

세이모어가의 호흡법을 익히고, 태고의 신물을 얻게 된 라나사는 하루가 다르게 발전하고 있었다. 그런 그녀가 슈빅의 양손을 눈짓으로 가리키며 나직이 읊조렸다.

"친구 사이에 친밀한 접촉은 얼마든지 할 수 있어. 하지만 멱살을 잡는 건 얘기가 달라."

"아, 나는……."

"꼭 바율에게만 해당하는 거 아니야. 그건 누구에게라도 무례한 행동이란 거, 너도 알지?"

틀린 말이 아니기에 슈빅은 무어라 반박할 수가 없었다. 남의 몸을 내리치거나 붙드는 건 흥분하면 나오는 녀석의 안 좋은 버릇이었다.

그렇다고 넌 사람을 막 발로 차냐?

가슴속에 불만이 불쑥 솟구쳤지만, 슈빅은 입을 꾹 다물었다. 안 그랬다간 진짜로 세게 걷어차일 것만 같은 싸한 예감이 들었기 때문이다.

"주의해."

내가 지켜볼 거야.

라나사는 눈빛으로 마지막 말을 남기고는 제 사물함으로 돌아갔다. 냉기가 철철 흐르다 못해 얼어붙을 것만 같은 그 기세에 슈빅은 저도 모르게 부르르 몸을 떨었다.

"얘는 또 왜 이러냐?"

퀸과 일라이가 나타난 것은 그로부터 얼마 지나지 않아서였다. 어쩐지 소심해져 있는 슈빅에게 일라이가 괜찮냐며 물었고, 바율을 한차례 살펴본 퀸은 미간을 살짝 찌푸렸다.

"바율, 나 봐 봐."

"어?"

"비뚤어졌어."

슈빅에게 멱살이 잡혔던 그 잠시 사이에 넥타이가 돌아간 모양이었다. 퀸이 교복 셔츠의 칼라와 타이를 바로 매주며 대수롭지 않게 내뱉었다.

"보나 마나 슈빅 저 녀석이 이랬겠지. 그러다 라나사에게 한 방 맞았고."

"헉! 퀸, 너 그걸 어떻게 알았어?"

놀라서 숨을 크게 들이켜는 슈빅을 보며 퀸은 고개를 가로저었다.

"네 행동 패턴이야 뻔하니까."

"아하, 그렇게 된 거였어? 하긴, 바율한테 물어보고 싶은 게 산더미처럼 쌓였겠지."

그제야 상황을 이해한 일라이가 재밌다는 양 키들거렸다. 새 학기 첫날부터 매운맛을 본 녀석이 조금 불쌍하기도 했다.

"뭐가 제일 궁금했냐? 자이아 불 끈 거? 불의 정령이 어떻게 그 거대한 불을 제압했는지, 너도 그게 가장 알고 싶은 거지?"

"아니? 난 어쩌다 성현이 된 건지 물어봤는데?"

"…아, 그래?"

"그러다가 내가 바율 멱살을 잡는 바람에 라나사한테 혼났지, 뭐……."

"또 그래라?"

라나사 다음으로 퀸이 경고했다. 바율의 넥타이 정리를 마친 퀸이 슈빅을 선득한 눈초리로 쳐다보았다. 그에 슈빅은 황급히 양손을 크게 휘저었다.

"절대! 다시는 안 그럴 거야!"

매번 다짐하면서도 통제가 잘 안 된다는 게 녀석으로선 참 답답할 뿐이었다.

"슈빅, 어디 다친 건 아니지?"

라나사의 다소 과격한 진압에 바율은 당사자인 슈빅보다 더 놀랐다. 그의 뒤늦은 물음에 슈빅이 감격해서는 고개를 마구 끄덕였다.

"응! 응! 아무렇지도 않아."

"다행이다."

"나, 앞으로는 진짜 조심할게. 네 주변에 무서운 인간이 너무 많아서 이러다 장가도 못 가고 죽을까 봐 겁난다."

퀸의 사나운 눈길에서 벗어나자 슈빅은 그제야 안도하며 가슴을 쓸어내렸다.

뎅뎅뎅!

1교시 수업을 알리는 종소리가 울리기 시작한 것은 그때였다. 아직 로건과 에이단을 만나지도 못했는데 시간이 훅 갔다.

"바율, 이따 점심시간에 마저 얘기해 주기다? 그 성녀님에 대해서도 엄청 궁금하거든! 너는 성현이니까 당연히 마주친 적도 있겠지?"

"…아니, 없어."

"뭐? 진짜?"

한 박자 늦은 대답이었지만 슈빅은 놀라기만 할 뿐, 별달리 의심하는 기색은 아니었다. 대신 어떻게 성현이 성녀님을 만나지 못할 수가 있냐며 기가 막혀 했다.

"원래 성녀나 성현에 대한 신상 정보는 신전에서 보호하는 게 원칙이야. 바율은 워낙에 유명한 녀석이니 어쩔 수 없이 알려진 거고. 세상이 어디 좀 흉흉하냐."

거짓말이 서툰 바율을 위해 일라이가 나서서 둘러댔다. 하나 완전한 거짓말은 아니었다.

절망의 신전에 성현과 성녀가 탄생했다는 사실은 널리 퍼졌지만, 정작 그 성녀에 관해서는 이름은 물론 출신 성분 같은 건 전혀 알려지지 않았다.

바율 딴에는 괜한 시끄러움을 미연에 방지하고자 신전 측에 미리 부탁한 것이나, 본디 다른 신전에서도 성녀를 그런 식으로 보호하고는 했다.

"그러니 그쪽으로는 관심 *끄고*, 얼른 수업이나 들으러 가라. 앙?"

종소리가 거의 끝나 가고 있었다. 바율은 슈빅에게 식당에서 보자는 인사를 끝으로, 서둘러 강의실로 향했다.

3학년 2학기의 첫 수업은 지리 과목이었다. 일라이와 라나사는 각기 마법학부와 기사학부 수업을 받으러 갔고, 퀸과 바율만이 함께 이동했다.

둘이 나란히 들어서자 웅성거리던 실내가 삽시간에 조용해졌다. 모든 학생이 약속이라도 한 듯 바율을 힐긋거렸다.

개중에는 낯이 익은 아이들도 많았다. 지난 학기만 해도 제법 편하게 대화를 나누던 녀석들이 거리를 두는 게 확연하게 느껴졌다.

그러잖아도 비범한 능력을 보이던 바율이었다. 그런 그가 무려 성현이 되었으니, 그들 입장에선 다분히 혼란스러울 수 있었다.

이래서 되도록 알려지길 원하지 않았던 건데.

바율은 씁쓸했지만, 어쩔 도리가 없었다. 그저 이 또한 숙명임을 받아들이는 수밖엔.

바율이 퀸을 따라 빈자리에 말없이 앉아 책을 펼칠 무렵, 앞문이 드르륵 열리며 블레이크 교수가 들어왔다. 그녀는 교탁 앞에 서자마자 누군가를 찾듯 강의실을 빙 둘러보았다. 그러다 바율을 발견하곤 함박웃음을 지었다.

"바율, 잠깐 일어나 보겠니?"

"…예?"

"그냥 지나갈 수는 없는 일이니까."

갑작스러운 요구에 바율은 쭈뼛거리며 자리에서 일어섰
다.

"자, 박수!"

블레이크 교수가 돌연 손뼉을 치며 자랑스러운 어조로
말했다.

"너희들도 이미 소식을 들었겠지만, 방학 중 바율이 백
년이 넘게 타오르던 자이아의 불을 꺼뜨렸다. 솔직히 선생
님은 살면서 이런 날이 올 줄은 정말 꿈에도 몰랐거든. 이
게 얼마나 대단한 일인지 다들 잘 알고 있겠지?"

블레이크 교수는 그간 바율이 행한 어떤 업적보다도 금
번의 공적을 높이 샀다.

"바율, 고맙구나. 넌 자이아뿐 아니라 제국민 모두를 살
린 거나 마찬가지란다."

탄전에서 채굴되는 석탄의 양이 줄어들수록 겨울철 동사
로 사망하는 이들의 수가 늘어났다.

"올겨울은 네 덕분에 많은 사람이 따뜻하게 지낼 수 있
게 되었어."

블레이크 교수는 꼭 자기 일처럼 기뻐했다. 진심으로 제자의 능력에 감사하며 좋아하는 그녀의 모습에서 바율은 다시 한번 정령사가 되길 잘했다고 생각했다.

강의실을 울리는 박수 소리가 커져 갈수록 바율의 두 뺨도 붉어져 갔지만, 그래도 기분만은 최고였다.

Chapter 3.
255

1.

"바율, 고마워. 사실 진즉에 인사하고 싶었는데, 왠지 그러기가 쉽지 않더라고."

지리 수업 시간이 끝나고 몇몇 친구들이 바율의 주변으로 몰려들었다. 블레이크 교수님이 분위기를 편하게 해 주셨기 때문인지, 그런 아이들의 얼굴에서 더는 어색한 기색을 찾아볼 수 없었다.

"실은 여태 자이아의 연기가 내가 사는 곳까지 날아와서 골치 아프고 짜증도 났거든. 근데 네 덕분에 다 해결된 거잖아. 우리 가족은 물론이고, 영지민들 전체가 얼마나 고마워하는지 몰라. 진짜 고맙다."

"맞아. 우리 엄마는 올겨울 따뜻하게 날 수 있겠다면서 막 안심하시더라고. 아깐 괜히 이상하게 굴어서 미안했어."

바율이 성현이 되었단 이유로 잠깐이나마 거리를 둔 게 미안했던지 아이들이 너도나도 앞다투어 사과했다.

"난 괜찮아. 충분히 이해하는걸."

"그래도 기분 나빴을 거 아니야. 앞으로는 안 그럴게."

"나도! 난 사실 바율 너랑 친구라는 게 정말 자랑스러워!"

"난 이미 바율이랑 아카데미 동기라는 사실 하나만으로 성공한 것 같은데, 뭐."

"내 동생은 만날 내 말이라면 들은 척도 안 하더니, 바율 너와 수업을 같이 듣는다니까 눈빛이 달라진 거 있지? 좀 대단하게 쳐다보더라고. 괜히 내 어깨가 올라갔지 뭐야."

한 녀석의 말에 모여 있던 아이들이 까르르 웃음을 터뜨렸다. 바율에게는 다소 듣기 민망한 얘기들이었지만, 그래도 친구들이 웃자 같이 따라서 웃게 되었다. 그 역시 이제라도 친구들이 먼저 다가와 준 것이 고마웠다.

"나, 늦었지만 지금이라도 실버 블론드에 가입해 볼까?"

"거기를? 네가?"

"경쟁률이 어마어마하게 센 건 알고 있지?"

"그 동아리는 아무나 못 들어가. 에피가 손수 만들었다는 회원 가입 문제 자체가 엄청나게 어렵대. 대부분이 반도 못 맞춘다고 하더라."

"뭐 얼마나 대단하기에 그래?"

"에이단!"

불쑥 끼어든 음성의 주인공은 에이단이었다. 여름 방학 내내 붙어 지내다가 며칠 떨어져 있었더니 어쩐지 평소보다 더 반가운 느낌이었다.

"헤에, 안녕. 아침부터 도서관에서 책 나르느라 정신이 없었네. 다들 잘 지냈냐?"

녀석이 바율과 퀸에게 손을 흔들고는 주변 친구들과도 하나하나 눈을 맞췄다. 일라이와 더불어 학우 관계가 폭넓은 녀석답게 금세 친구들과의 담화에 스며들었다.

"에이단, 마침 잘 됐다. 온 김에 한번 물어보자. 너는 바율 발 사이즈가 몇인지 알아?"

"바율 발 사이즈? 갑자기 그건 왜?"

"실버 블론드의 가입 문제가 궁금하다며."

"…설마 그런 게 문제로 나온다고? 이 녀석 발 사이즈가?"

"그렇다니까! 그뿐인 줄 알아? 생년월일, 키, 나이, 몸무게, 작위 수여식이 거행된 날짜 같은 걸 죄다 외워 둬야 해! 그래도 여기서 끝이면 그나마 낫지. 탄생화랑 별자리, 키우는 개 이름 같은 것도 알아야 한다고."

"야! 내가 듣기로는 바율이 가장 좋아하는 음식이 무엇인지, 당황하면 어떤 표정을 짓는지, 즐겨 입는 셔츠의 단추 개수는 몇 개인지까지 출제된다고 하더라."

바율은 기함하지 않을 수 없었다. 가입 조건이 까다롭다는 건 알고 있었지만, 그 시험 문제라는 게 이렇게까지 세세할 줄은 전혀 짐작조차 하지 못했다.

"헐! 그걸 다 에피가 만들었다고? 그 조용하고 얌전한 애가?"

에이단은 정녕 믿을 수 없다는 듯 재차 물었다.

"아니, 걔는 그걸 다 어떻게 알았대?"

그러니까 내 말이!

바율은 저도 모르게 고개를 끄덕이며 동조했다. 에피와 몇 마디 대화를 나눈 적은 있다. 하지만 맹세코 저런 걸 알 정도로 가깝진 않았다. 심지어 무언가를 함께했던 적조차 없었다.

당사자인 바율도 가물가물하거나 헷갈리는 게 많거늘, 그런 게 회원 가입 문제로 나온다니 그저 기가 막혔다.

"혹시 조사원이라도 고용한 거 아니야?"

"와, 설마 정보 길드에 의뢰라도 한 건가?"

"거긴 비용이 장난 아니게 비쌀 텐데?"

"아르하드 백작가잖아. 그 가문이 소유한 땅이 얼마나

방대한데."

"하긴, 하물며 직계 손녀이니 얼마든지 지불 가능하겠지. 에피 그렇게 안 봤는데 정말 대박이다."

진짜 나에 대해 알고 싶어서 그렇게까지 했다고?

바율로서는 결코 믿고 싶지 않은 내용이었다. 정보 길드를 동원했다는 건 진심으로 사실이 아니기를 바랐다. 출제 문제의 유형만으로도 바율은 충분히 심란했다.

'대체 그런 걸 누가 맞춘다고…….'

"나 완전 소름 돈는다. 그럼 실버 블론드에 가입한 애들은 거의 그 문제를 다 맞혔다는 거잖아. 그게 가능해?"

누구나가 다 인정하는 바율의 절친 에이단도 모르는 것 투성이였다.

"바율, 너 발 사이즈 몇이냐?"

"…어?"

"그게 문제로 나왔다니까 문득 궁금해져서. 몇이야?"

에이단의 난데없는 질문에 아이들의 시선이 몽땅 바율에게로 쏠렸다.

"그게, 나는……."

순간적으로 당황한 바율이 그저 눈만 끔벅거릴 때였다.

"255."

여태 무표정한 얼굴로 바율 옆에 가만히 앉아만 있던 퀸이 나직이 내뱉었다. 그 한마디에 강의실 안은 별안간 침묵이 내려앉았다.

방금 퀸이 바율의 발 사이즈를 말한 거야?

저 무뚝뚝한 인어국의 왕자가 그걸 안다고?

그냥 찍은 거겠지?

농담일 거야.

퀸이 실없는 농담을 던지는 성격이 아니라는 것을 다들 알면서도, 상황이 상황인지라 아이들은 서로를 돌아보며 애써 부정했다.

그에 마치 확인 사살이라도 하듯 퀸이 자리에서 일어나며 덧붙였다.

"발볼이 좁은 편이라서 250을 신을 때도 있어."

내, 내가?

바율은 귀신이라도 본 양 퀸을 올려다보았다. 기실 그는 리타가 챙겨 주는 대로 신어 왔기에 정확히 알지도 못했다.

"뭐 해, 바율. 2교시 수업 들으러 가야지."

"어……."

퀸이 내미는 손을 무심결에 잡으며 바율도 일어나 걸었다. 잠시 넋을 놓고 있던 에이단은 그제야 정신을 번뜩 차리며 황급히 뒤따라 나섰다.

"야, 퀸! 내 발 사이즈는 몇인데? 나도 몇인지 한번 말해 봐!"

에이단의 외침이 복도를 쩌렁쩌렁하게 울렸지만, 퀸에게서 답을 들을 순 없었다.

"저 자식을 그냥! 너 자꾸 그런 식으로 나오면 내가 꼬리를 잘라 버리는 수가 있다!"

에이단의 울분이 담긴 목소리만이 공허하게 메아리칠 뿐이었다.

2.

"너희들 중 내 발 사이즈 몇인지 아는 사람 있어?"

새 학기 첫날 오전 수업이 무사히 끝났다. 언제나처럼 식당에 모여 점심 식사를 막 시작하려던 친구들은 에이단의 뚱딴지같은 물음에 다 같이 눈을 둥그렇게 떴다.

"뭔 헛소리야? 그걸 우리가 알아서 뭐 하게."

"에이단, 새 신발 필요하니? 그거까지 네 용돈으로 직접 해결해야 하는 거야?"

"레오네트 백작님께서 아무리 아카데미 생활을 반대하신다지만, 그건 좀 심하신 것 같은데."

질문의 의도를 파악하고 있는 바율과 퀸을 제외하고 일

라이와 라나사, 로건이 각기 인상을 찌푸리며 녀석을 바라 보았다.

"그렇게까지 힘든 상황인 줄은 몰랐네. 자."

라나사가 한숨을 쉬더니 불쑥 메모 한 장을 건넸다.

"뭐냐, 이게?"

"책 목록. 서적 심부름하기로 한 거 잊었어?"

"아, 맞다. 너한테 생활비 빌리고, 이자 대신 그러기로 했었지."

에이단은 그제야 황궁에서의 일이 떠오른 듯 냉큼 메모 를 받아 죽 읽어 내렸다. 그러곤 우쭐대며 교복 상의 안주 머니에 종이를 넣었다.

"이 정도는 우습지."

양이 제법 많았지만, 이미 녀석의 머릿속으론 책의 위치 가 하나하나 그려지고 있었다.

"이제 새 신발 걱정은 안 해도 되겠지? 돈은 넉넉히 빌 려줄게. 언제든 모자라면 말해."

"라나사. 날 생각해 주는 네 마음은 알겠는데, 우리 할아 버지가 그 정도는 아니야. 게다가 이미 신발은 집에 널리고 널렸어. 있는 거만 해도 죽는 날까지 다 신지도 못할 거다."

부족한 생활비로 매번 절절매는 실정이지만, 제국 최고 의 부자로 손꼽히는 레오네트 가문의 차남이 바로 에이단이었다. 기실 녀석이 입은 옷의 옷감이나 착용한 장신구는 쉽게 구할 수 없는 고가품이 대부분이었다.

"그럼 발 사이즈는 왜 물은 건데?"

"실버 블론드에 가입하려면 시험을 봐야 하는 건 알지?"

"갑자기 실버 블론드가 왜 나와? 그야, 알긴 알지. 회장인 에피가 직접 문제를 만들었다면서."

"그 시험 문제 중 하나가 바율의 발 사이즈를 맞추는 거란다."

"아아, 그래?"

"별걸 다 물어보네."

로건과 라나사는 피식 웃으며 대수롭지 않다는 듯 대꾸했다. 오늘도 요리에 새우가 나온 탓에 둘은 나란히 열심히 걷어 내는 중이었다.

"너희도 바율 발 사이즈 모르지?"

"응, 모르지."

"대강 나보다 작은 것 같긴 해."

"그러는 넌 아냐?"

그딴 건 왜 자꾸 묻느냐는 듯 일라이가 귀찮은 투로 쏘아붙이자 에이단이 별안간 탁자를 내리치며 흥분해 소리쳤다.

"그래, 이게 정상이지! 퀸, 저 자식이 유난스러운 게 맞다니까!"

"뭔데 그래?"

"퀸은 알더라고."

"안다니?"

"…바율 발 사이즈를 안다는 거야?"

"어! 평소엔 255인데, 발볼이 좁아서 250도 신는단다. 내 참, 기가 차서! 근데 우리 사이즈는 절대 모를걸?"

에이단이 활활 타오르는 눈빛으로 노려보았지만, 퀸은 그러거나 말거나 조용히 식사에 집중하며 묵비권을 행사할 뿐이었다. 작금의 분란과 자신은 아무 상관도 없다는 양.

"퀸은 바율이랑 룸메이트잖아."

"저 녀석이 바율 챙기는 게 무슨 특별한 일이라고."

로건과 라나사가 여전히 별 신경 쓰지 않는 것과 달리 일라이는 에이단의 분노에 공감하는지 퀸을 향해 비아냥거렸다.

"왜, 너도 이참에 아예 실버 블론드에 도전해 보지? 혹시 아냐? 만점 맞고 가입 승인될지."

"문제 난도가 높다고 하지만, 퀸 너한테는 별거 아닐 수도 있잖아?"

"들어가면 바율 절친 특혜로 융숭한 대접을 받을지도 모르지."

"맞아, 맞아. 한번 해 봐."

비아냥거림이 장난으로 둔갑한 건 순식간이었다. 에이단과 일라이가 실실거리며 퀸을 놀려 댔다.

그런데.

"그럴까?"

"…뭐?"

저 자식이 지금 뭐라고 한 거냐?

내 청력에 이상이라도 생겼나?

너무나도 여상한 퀸의 대답에 일라이와 에이단은 일순 멍청한 표정을 짓고 말았다.

하지만 가장 놀란 건 뭐니 뭐니 해도 바율이었다. 녀석이 빵 조각을 씹다가 사레가 들려서는 컥컥거렸다.

"바율 형, 괜찮아?"

"바율 선배님! 여기요!"

어디선가 황급히 다가와 바율에게 손수건을 내민 건 젬마였다. 라피트와 함께 식당에 들어서자마자 일행을 발견한 그녀는 안 그래도 반가움에 인사를 하려던 참이었다.

"형들, 무슨 일 있었어요? 다들 얼굴들이 좀 이상한데."

"우린 멀쩡해."

"퀸만 이상하지."

"예?"

"저 자식이 실버 블론드에 들어가겠단다."

"그게 무슨 개뼈다귀 같은 소리예요? 퀸 형이 미쳤어요?"

라피트가 인상을 그득 쓰며 받아친 것과 달리, 젬마는 기대감으로 부풀었다.

"정말이세요? 퀸 선배님도 우리 동아리에 가입하시는 거예요?"

그런 녀석의 눈망울은 어느 때보다 초롱초롱하게 빛나고 있었다. 이게 웬 횡재냐는 듯.

"조건만 맞는다면 얼마든지."

이쯤 되자 로건과 라나사도 하던 것을 멈추고 퀸을 응시했다. 녀석이 농담을 하는 건지 진심인 건지 도통 갈피가 잡히지 않았다.

"그 조건, 말씀해 보세요! 제가 에피 선배님께 전달해 드릴게요!"

퀸에게서 나온 긍정적인 답변에 젬마는 신이 났다. 원래 가입을 위해선 시험도 봐야 하고 회원의 과반수가 찬성을 해야 하지만, 퀸이라면 그런 일반적인 과정은 필요 없었다. 동아리 입장에선 그는 무조건 통과시켜야만 하는 존재였다.

"회장."

"예?"

"나 회장 시켜 주면 들어갈게. 어때, 가능하겠어?"

퀸이 고개를 비스듬히 기울이며 젬마에게 물었다. 그리고 그제야 친구들은 확신했다. 이놈이 어울리지 않게 농을 치고 있음을.

얼굴색 하나 변하지 않고 뻔뻔하게 구는 모습이 어이가 없는 한편, 맥이 빠져 웃음이 새어 나왔다.

그럼 그렇지.

하지만 젬마는 전교생이 알아주는 최고의 또라이 라피트로부터 인정받은(?) 몸이었다. 녀석이 소름 끼치게 진지한 어조로 중얼거렸다.

"흐음. 회장을 원하신다, 라…….."

"야, 너 무슨 생각을 하는 거냐?"

알아듣지 못하는 젬마가 답답했는지 라피트가 뒷머리를 벅벅 긁으며 타박했다.

"이게 고민할 거리야? 정신 좀 차려!"

"회장직이라니 쉽지 않은 조건이긴 하지만, 그래도 에피 선배님께 말씀은 드려 봐야죠. 무려 퀸 선배님이 가입의 뜻을 내비치셨는데."

"와, 너 진짜 마법학부 수석 맞아? 퀸 형이 동아리엔 절대 안 들어가겠다는 뜻으로 한 말이잖아."

"…그런 거예요?"

"당연하지! 에피 선배가 회장 자리를 잘도 내놓겠다!"

라피트는 한숨을 푹푹 내쉬며 의자에 털썩 주저앉았다.

"아무튼, 못 말린다니까."

"퀸 선배님, 라피트 선배 말이 사실인가요?"

젬마는 의문 가득한 눈으로 퀸에게 물었다. 정녕 그 의도 였는지 확인하려는 기세였다.

"사실 우리 동아리 내에서 도는 말이 있거든요. 바율 선 배님과 친한 분 중에서 누군가가 들어온다면, 퀸 선배님일 확률이 가장 높다고."

"내가?"

"네. 그래서 전 드디어 그날이 온 줄 알았지 뭐예요."

"근데 왜 하필 퀸이야?"

"이 자식이 바율을 유난히 싸고도는 거, 남들한테도 티 나나 보지?"

에이단과 일라이는 새삼 놀란 기색이었다.

"퀸 선배님은 여기 계신 분들 빼곤 말도 섞지 않으시잖 아요. 혼자 계실 때 보면 찬바람이 쌩쌩 불어서 다들 가까 이 갈 엄두도 안 난대요."

"하긴. 인정. 얘가 사회성이 좀 떨어지긴 해."

"우리한테도 처음에 얼마나 까칠하게 굴었는데."

"하지만 선배님들과 함께 계실 땐 달라요. 종종 웃기도

하시고, 꼭 다른 사람 같다니까요.”

그래서 남모르게 퀸을 추종하는 무리도 있다는 걸 젬마는 굳이 입으로 옮기지 않았다. 퀸의 성질이라면 왠지 그 모임을 대번에 깨뜨릴 것만 같았기 때문이다.

“특히 바율 선배님과 둘만 계실 땐 분위기가 항상 화기애애해서 얼마나 보기가 좋은데요. 퀸 선배님이 동아리에 들어오시면 참 좋았을 텐데. 정말 아쉽네요.”

방금까지 반짝반짝 빛이 나던 젬마의 안색이 비에 쫄딱 젖은 강아지처럼 처량하게 변했다. 그에 라피트는 저도 모르게 퀸에게 버럭 소리쳤다.

“아니, 퀸 형은 그러게 왜 그런 마음에도 없는 말을 해서 애를 이 지경으로 만들어요? 새 학기 첫날부터 기분 상하게.”

“갑자기 대화에 끼어든 건 너희야.”

그러니 난 아무 잘못 없다는 듯 퀸은 다시금 식사를 시작했다. 매몰차게도 그런 녀석에게선 조금의 미안함도 찾아볼 수 없었다. 친구들은 퀸의 다정함이 바율 한정이라는 걸 재차 뼈저리게 깨달았다.

“야, 너도 밥이나 먹어.”

퀸을 마뜩잖은 눈빛으로 노려보던 라피트가 제 옆의 의자를 밀고는 젬마를 앉혔다.

"고마워요, 선배."

젬마는 풀이 죽은 채 라피트가 내미는 빵을 손에 쥐었다.

"젬마, 방학은 잘 지냈니?"

입에 넣지는 않고 깨작깨작 빵만 뜯고 있는 젬마에게 라나사가 부드럽게 말을 붙였다. 차가운 이미지로는 퀸에 버금가는 그녀인지라 후배 중 가깝게 지내는 건 젬마가 거의 유일했다.

"네, 라나사 선배님. 덕분에 랑트에서 재미난 경험도 해 보고 잘 보냈어요."

동생들 간의 싸움으로 황궁 정원에 몰려 있다가, 데스의 공간 이동에 휘말려 뜻하지 않게 랑트를 가 보게 된 젬마였다. 그때를 생각하자 그래도 기분이 한결 나아졌는지 녀석의 얼굴에 금세 생기가 돌아왔다.

"그러고 보니 랑트에 엘프족이 입성했다면서요? 세계수를 지키기 위해 나타났다는 얘기, 저도 들었어요! 그게 오래전 엘프족에게 내려진 사명이라는 것도."

"그러잖아도 그들 때문에 관광객들이 더 몰려들고 있어. 이 정도면 랑트가 대도시라고 불리는 것도 시간문제야."

"저는 엘프들의 그 숭고한 정신에 감탄했어요. 어떻게 옛날에 자기들에게 그런 임무가 맡겨졌다는 이유만으로 지금껏 살아온 고향 땅을 망설임 없이 떠날 수 있는 거죠? 저라면 레닉스를 벗어나서는 절대 못 살 것 같거든요."

레닉스는 메켄지 후작가가 다스리는 영지였다. 아카데미에 입학하면서 캐링스턴에 와 있긴 하나, 젬마는 졸업하면 다시 고향으로 돌아가 쭉 거기서 살 생각이었다.

"넌 결혼 안 해?"

"네? 결혼이요?"

라피트의 뜬금없는 질문에 젬마가 고개를 갸웃했다.

"선배, 저 이제 고작 열다섯 살이에요. 약혼자도 없는데 무슨 벌써 결혼 얘기가 나와요?"

"아니, 네가 방금 그랬잖아. 레닉스를 떠나선 살 수 없을 것 같다고."

"그랬죠? 근데 그게 왜요?"

"결혼하면 보통 여자가 남자 측 집으로 옮겨 가잖아. 그때 되면 당연히 레닉스를 떠날 수밖에 없지 않겠어?"

"아…… 그러네요?"

미처 거기까진 염두에 두지 못했다는 듯 젬마가 고운 이마를 찌푸렸다.

"그런 쓸데없는 걱정은 뭐 하러 해. 레닉스에 사는 남자를 만나면 되는걸."

"오, 라나사 선배님 말씀이 맞아요! 그런 방법이 있었네요!"

"아니면 너와 결혼할 상대가 레닉스로 가도 되고."

로건의 부연에 젬마가 '좋네요' 하며 해맑게 웃음 지었다. 아직 먼 미래의 이야기였지만, 꼭 그래야겠다며 다짐하는 모습이 귀엽기 짝이 없었다.

"참 나. 약혼자도 없다면서 되게 좋아한다, 너?"

뭐가 불만스러운지 라피트가 미간을 구기며 불퉁거렸다. 그러곤 갑자기 입안으로 새우를 한 움큼 밀어 넣더니 거칠게 씹어 댔다.

"이러다 아주 졸업도 하기 전에 시집부터 가겠네."

날이 선 말투 하며 고까운 눈빛이, 꼭 질투라도 하는 모양새였다. 그에 친구들은 저들끼리 눈빛을 주고받으며 키득거렸다.

드디어 라피트가 임자를 만난 게 분명하다며.

과연 녀석이 제 감정을 언제쯤 깨달을 것인가.

에이단과 일라이는 머리를 맞대고 속닥거리며 벌써 내기에 들어갔고, 로건과 라나사는 젬마에게 애도를 표하며 골라낸 새우를 몽땅 라피트의 그릇에 옮겨 담았다.

퀸이 동아리에 가입할 의사가 없다는 사실에 내심 안도하던 바율도 비로소 마음 편히 식사에 집중할 수 있었다.

그러나 그 평화는 오래가지 못했다.

"역시 너희 전부 여기 있을 줄 알았다, 내가!"

누구보다 빠르게 점심을 해치운 슈빅이 그들에게로 달려온 것이다.

아카데미 정보통답게 학기가 시작되면 교내에서 가장 바쁜 사람이 바로 슈빅이었다. 녀석은 새로운 소식을 나르는데 어떤 비장한 책임감마저 느끼고 있었다.

"나도 이 시간이면 네놈이 올 줄 알았다. 넌 어째 작년보다 더 시커메진 것 같냐?"

"이 형님의 서핑 실력이 일취월장했다는 증거지! 어때, 에이단! 넌 방학 동안 키 좀 컸냐?"

"…그래, 컸다!"

한 박자 늦게 튀어나온 대답에 슈빅의 입가가 씨익 말려 올라갔다.

"어디 좀 보게 일어나 봐. 얼마나 컸는지 직접 확인해 보자."

"뭘 일어나! 지금 나 밥 먹는 중이거든?"

"그래? 알았어. 그럼 다 먹고 보지, 뭐. 급할 거 있나."

슈빅이 유일하게 에이단을 이길 수 있는 게 바로 신장이었다. 작은 키에 예민한 녀석의 심기를 긁으며 평소의 수모를 앙갚음하는 건 슈빅만의 스트레스 해소법이었다.

우유를 마시던 바율은 저도 모르게 미소를 짓고 말았다. 1학년 때부터 지겹게 본 둘의 말싸움은 이제 익숙하다 못해 반갑기까지 했다. 게다가 일견 싸우는 듯하지만, 에이단과 슈빅의 말투 속엔 분명 서로에 대한 애정이 담겨 있었다.

"슈빅, 고만하고 읊어 봐."

종종 귀찮게 굴긴 해도, 슈빅이 물어 오는 소식은 친구들에게도 꽤 쏠쏠했다. 새 학기이니만큼 흥미로운 이야깃거리도 있을 게 틀림없었다.

"에헴, 역시 나를 필요로 하는구나. 아무렴, 그래야지. 그렇고말고."

일라이의 요구에 슈빅은 무척이나 뿌듯해하며 오전 동안 모아 온 정보 보따리를 풀었다.

절망의 신전의 성현이 된 바율, 랑트에 나타난 엘프들, 그리고 자이아의 불이 마침내 전소되었다는 소식. 이 세 가지가 현재 아카데미의 가장 큰 화젯거리였다.

그러다 보니 친구들로서는 다소 지루할 수밖에 없었다. 일행에겐 뛰어넘어도 되는 이야기를 굳이 해 대는 건 뭐든 아는 척을 해야 직성이 풀리는 슈빅의 성격 탓이었다.

그러던 어느 순간이었다.

"잠깐, 전학생이 있다고?"

"어! 그것도 우리랑 같은 3학년이야. 기사학부."

영혼 없이 녀석의 말을 대충 흘려듣던 바율과 친구들은 약속이라도 한 듯 움찔 몸을 떨었다.

'전학생'이란 말은 절로 싱클레어를 떠올리게 했고, 그 이름은 그들에게 안 좋은 기억을 불러일으켰다. 천족이 신분을 감추고 접근한 최초의 사례였기 때문이다.

"난 아직 못 봤는데, 되게 예쁘대."

"예쁘다고? 여자야?"

"응, 수업은 내일부터 받을 건가 봐. 지금쯤 기숙사 배정 받아서 한창 짐 풀고 있을걸?"

"이름은?"

"어디에서 왔대?"

"혹시 자기가 어느 나라 공주라고 하던?"

여태 별 반응 없이 듣기만 하던 친구들이 갑작스레 관심을 보이자 슈빅이 신나서 대꾸했다.

"타국에서 오긴 했는데, 공주는 아니야. 그래도 힘깨나 쓰는 고위 귀족가의 고명딸이라곤 하더라. 얘기에 따르면 꼭 천사같이 생겼대."

"천사……?"

"어. 보고 있으면 저절로 기분이 막 좋아진다는 거 있지. 대체 미모가 어느 정도 수준이기에 그렇게까지 넋이 나가나 싶더라. 애가 무슨 환상에 젖은 건지, 설명도 제대로 못 하더라니까?"

"불길한데……."

전학생에 이어 천사라는 단어까지 하나하나가 다 맘에 걸렸다. 일상생활에서 자주 쓰이는 말이라곤 하나, 바율과 친구들은 왜인지 자꾸만 천족과 연관이 지어졌다.

"어? 저 앤가? 와아, 진짜 이쁘긴 이쁘다."

별안간 슈빅이 식당의 입구 쪽을 가리키며 탄성을 질렀다.

원래도 시끄러운 공간이었지만, 갑자기 웅성거림이 커졌다. 그와 동시에 바율은 어디선가 심상치 않은 기운이 느껴졌다.

아니나 다를까.

"알레…… 그리아……."

믿을 수 없게도 그녀였다.

오라비인 엘레오스를 찾아 그들을 만나러 왔던 천족.

일전에 발목까지 내려오던 황금빛 머리칼이 지금은 어깨 바로 아래에서 찰랑거리고 있었지만, 그녀는 틀림없는 기쁨의 신, 알레그리아였다.

"오, 바율. 어떻게 알았어? 전학생 이름이 그리아래."

그녀는 애초에 제 신분을 속일 생각도 없는 듯했다. 바율은 학생들의 안내를 받으며 유유히 이동하는 알레그리아를 그저 멍하니 바라볼 수밖에 없었다.

Chapter 4.
천족의 만행

1.

오후가 어떻게 흘러갔는지 모르겠다. 바율과 친구들은 알레그리아로 인해 당최 수업에 집중할 수가 없었다.

천계에 엘레오스에 관한 일이 최대한 늦게 알려지길 노력해 보겠다던 그녀가 갑자기 무슨 이유로 아카데미에 나타났는지 도무지 짐작이 가지 않았다.

이대로 평화가 유지되길 바란다는 말은 다 거짓이었던 건가?

바율에게 축언까지 내리며 주신에 대한 경고를 아끼지 않았던 그녀는 천족이 전부 나쁘지는 않을 수도 있겠다는 인식을 심어 주었다.

하지만 어쩌면 그 생각이 오늘부로 바뀔 수도 있겠다. 아무리 그녀가 호의적인 태도를 보였다고는 하나, 이런 급작스러운 등장은 마냥 반가워하기 힘들었다. 어찌 되었든 지금의 바율에게 천족은 적일 뿐이었다.

"라이, 이사장님 오늘 출근하신 거 맞지?"

"어, 나랑 같이 나왔어."

"그런데도 알레그리아에 대해 아무 말씀을 안 하셨다고?"

"응."

바율은 마지막 수업이 끝나자마자 친구들과 함께 라예가르를 만나러 가는 길이었다. 교수 임용과 편입생에 관한 결정은 보통 총장의 몫이지만, 흔한 경우가 아니니만큼 최소한 이사장에게 보고 정도는 올라갔을 것이다.

그라면 천족인 알레그리아의 정체를 분명 알아보았을 터. 한데 어째서 아들인 일라이에게 일언반구도 하지 않았는지, 그리고 그녀를 학생으로 받아들인 저의는 또 무엇인지 바율은 진심으로 알고 싶었다.

"너 혹시 삐쳤냐?"

"……."

"이사장님이 미리 말 안 해 주셔서 화났어?"

"그런 거 아니야."

"아니기는. 맞구먼, 뭘."

라예가르와 화해한 이후로 아버지에 관한 얘기가 나오면 항시 팔불출처럼 굴던 녀석이었다. 그런데 지금은 인상을 굳힌 채 정면만 응시하며 걷고 있었다. 누가 봐도 화난 사람 얼굴이었다.

"이사장님께도 그러실 수밖에 없었던 까닭이 있지 않을까?"

"맞아. 사정을 뻔히 다 아시는 분인데, 그냥 허락하시진 않았을 거야."

"난 우리가 모르는 뭔가가 있을 것 같아."

로건과 라나사의 말에 바율도 어느 정도 동의했다. 첫 만남에선 상상조차 하지 못한 생각이지만, 작금의 라예가르는 누구보다 듬직한 최고의 아군이었다.

"다 왔다."

본관의 입구에 들어서자 저 멀리 이사장실의 문패가 보였다. 다급히 그곳으로 발길을 옮기던 바율은 낯설지 않은 기운을 느끼고 우뚝 멈춰 섰다.

"바율, 왜 그래?"

"안에 와 있거든."

로건의 물음에 답한 건 퀸이었다. 주어가 생략된 말이었지만, 알아듣는 데 어려움은 없었다.

"…들어가자."

일라이 역시 감지한 건지, 한층 빨라진 걸음으로 다가가서는 노크도 없이 이사장실의 문을 벌컥 열어젖혔다.

"어, 아들. 왔어?"

라예가르는 평소와 다름없이 일라이를 반갑게 맞이했다. 그러나 인사의 당사자인 녀석은 대꾸는커녕 제 아버지와 마주 앉아 있는 소녀, 알레그리아만 무섭게 노려보았다.

"이렇게 또 보네요."

친구들의 기세는 일라이와 비슷하면 비슷했지, 절대 부족하지 않았다. 그럼에도 알레그리아는 환하게 웃으며 일행에게 인사했다. 이런 상황이 올 거라는 걸 이미 예상한 듯 여유롭기까지 했다.

"어떻게 된 거야? 이 여자가 여기 왜 있어?"

"정말 3학년 기사학부생으로 편입해 들어온 게 맞습니까?"

"직접 말씀해 보시죠. 아직도 엘레오스 놈을 찾고 있는 건가요?"

"그건 불가능하다고 이미 얘기했던 것 같은데."

다짜고짜 따져 묻는 일라이에 이어, 곱지 않은 말투가 그녀에게로 다다다 쏘아졌다.

방학 중 진정 많은 일이 있었다. 이제 좀 한시름 놓으려는 찰나, 느닷없이 천족이 나타났으니 그들로서는 당연히 예민해질 수밖에 없었다.

"진정들 하고, 일단 이리 와서 좀 앉아."

"내가 지금 진정하게 생겼어? 왜 말 안 한 건데?"

"킬리안."

라예가르가 묵직한 음성으로 오랜만에 아들의 본명을 불렀다. 그건 일종의 신호였다. 앞으로 이어질 이야기가 절대 가볍지 않으리라는.

일라이는 입술을 불퉁하게 내밀며 턱턱 걸어가 앉았다. 바율과 친구들도 얌전히 그 뒤를 따랐다.

그러는 동안 알레그리아의 시선은 온전히 바율에게 고정되어 있었다. 그녀의 잔잔하던 금안이 순간 바람이 분 듯 파도처럼 일렁였다. 그 의미가 무엇인지 바율로서는 알 수가 없었다.

"날 보고 많이 놀란 것 같으니, 우선 사과부터 할게요. 미안합니다."

모두가 착석하자 알레그리아는 이전처럼 먼저 사과를 건넸다. 일행을 똑바로 마주 보는 눈빛과 당당한 태도에는 살면서 단 한 번도 누군가에게 지배당하거나 속박되지 않은 듯한 자신감이 배어 있었다.

"됐고, 아카데미에 온 이유나 솔직하게 말해 보시지?

주신의 귀에 들어가지 않게끔 최대한 막아 보겠다고 하더니, 그새 마음이 바뀌셨나? 아님, 기억 상실에라도 걸린 건가?"

"그럴 리가요. 기억하고 있습니다."

일라이의 삐딱한 질문에도 알레그리아는 여전히 미소를 잃지 않은 채 대응했다.

"애초에 그 약속을 지키기 위해 여기 이렇게 와 있는 것이기도 하니까요."

"…그게 무슨 뜻입니까?"

"아버지께서 엘레오스를 찾기 시작했다고 말했던 거, 여러분도 기억하고 계실 겁니다. 어느 날 저를 부르시고는 그러시더군요. 아무래도 오라비가 인간계에 있는 것 같다고."

"설마 앙휄인가 하는 그 십이기사의 흔적을 찾은 겁니까?"

"아뇨. 그건 내가 지웠기에 아마 찾지 못하셨을 거예요."

"그러면요?"

"다만, 그저 짐작하시는 겁니다. 엘레오스가 인간계에 유달리 집착한다는 사실을 누구보다 잘 알고 계시니까요. 안 그래도 정령왕이 탄생하지 않았습니까?"

"…그걸 주신도 안다는 겁니까?"

"자연환경이 크게 변하고 있습니다. 주신인 아버지께서 모르실 수가 없지요."

알레그리아의 안색이 아주 잠시 흐려졌다가 원래대로 돌아왔다.

"아무튼, 그러한 여러 사정으로 아버지는 지금 엘레오스가 분명 인간계에 있을 거라고 짐작하고 계십니다. 오라비라면 분명 정령의 존재를 모른 척하지 않을 테니, 제게 데려오라는 명을 내리신 거고요."

"그러니까 지금, 여기서 엘레오스를 기다리는 척 연기를 한다는 건가요?"

"주신의 눈을 속이기 위해?"

"현재로선 그래요."

알레그리아의 순순한 긍정에 바율과 친구들은 일순 말문이 막혔다. 천족인 그녀의 말을 있는 그대로 믿어야 할지 말아야 할지 제대로 판단이 서지도 않았다.

"그렇다고 꼭 아카데미에 입학할 이유는 없는 것 같습니다만."

얼마간의 침묵 끝에 입을 연 것은 로건이었다.

"천족이라면 다양한 방식으로 얼마든지 인간계에 머물 수 있을 텐데, 왜 하필 여길 택한 겁니까?"

로건이 이리 물을 거라 생각지 못했는지, 알레그리아가 처음으로 머뭇거리는 기색을 보였다.

"뭐야, 이 반응? 혹시 바율한테 몰래 해코지하려는 거 아니야? 혹시라도 그런 생각했던 거라면 당장 포기하는 게 좋을걸? 뒤통수치다 걸리면 나를 비롯한 애들이 가만두지 않을 거거든."

"오해하지 마세요. 그럴 일은 절대 없습니다."

알레그리아는 한숨을 내쉬곤 말을 이었다.

"이유야 여러 가지가 있지만, 제일 결정적인 것 하나만 얘기하죠. 바율, 그대를 지키기 위해서입니다."

"…날 지킨다고요?"

"누가요? 천족인 그쪽이 말입니까?"

"이 여자, 진짜 미친 거 아니야? 말이 되는 소릴 해야지, 누가 그런 말에 속는다고!"

친구들로선 오늘 들은 얘기 중 가장 웃긴 말이었다. 천족이, 그것도 주신을 아버지로 둔 기쁨의 신이 바율을 지키겠다니. 굳이 주신의 편을 들고 싶진 않지만, 그의 입장에서 보면 그야말로 패륜 그 자체였다.

"나는 아무에게나 축언을 내리지 않습니다."

"맞아, 그때!"

그러고 보니 당시 그녀는 갑자기 나타나 제멋대로 축언

까지 남기고 사라졌었다. 덕분에 바율은 한동안 고민에 휩싸이기도 했었다.

"다시 만난 김에 여쭤보겠습니다. 거기엔 무슨 의미가 담겨 있는 건가요?"

"내 힘을 그대와 나누겠다는 뜻입니다."

"힘을 나눈다고요?"

"평범한 사람이라면 그저 행운이 따르는 정도로 끝나겠죠. 하지만 그대는 정령계를 복원할 인물입니다. 난 그걸 도우려는 거고요."

"…믿을 수 없습니다."

천신들은 정령계를 멸망으로 이끌었다. 한낱 질투심에 사로잡혀 한 세계를 없앴고, 그 탓에 인간계까지 흔들리고 있었다.

그런데 이제 와 정령계의 복구를 돕겠다고?

설령 그녀의 말이 진심이라고 한들 바율로선 쉽게 받아들일 수 없었다.

"그건 바율 그대의 자유이니 난 상관하지 않습니다."

알레그리아는 이 또한 예상했다는 양 일말의 당황도 하지 않았다.

"난 나의 일을 할 테니, 그대는 신경 쓰지 말고 그대의 일을 하세요. 그러면 됩니다."

"천족이 바로 옆에 있는데 어떻게 신경을 안 씁니까? 당신이 첩자일 수도 있는 건데!"

"맞아요. 그 첩자 노릇도 하기로 했습니다."

"…뭐라고요?"

일라이가 황당한 표정으로 알레그리아를 보자, 그녀는 가타부타하는 대신, 마저 설명해 달라는 듯 라예가르를 바라보았다.

"아빠…… 뭐야? 무슨 일 터졌어?"

그 순간, 왜인지 안 좋은 예감이 일라이를 스쳐 지나갔다. 비로소 둘 간에 모종의 '거래'가 있었음을 눈치챈 것이다.

"최대한 나중에 말해 주려고 했는데, 그날이 바로 오늘인 모양이구나."

라예가르가 가라앉은 음색으로 운을 뗐다.

"킬리안, 잘 들어라. 칼리오페가 천족과 결탁했다."

"칼리오페라면……?"

"네 친모를 죽인 원수이지."

일라이의 친모 뮈사르를 살해한 블랙 드래곤 칼리오페. 그는 라예가르가 피의 숙청에 들어가자 몇몇 드래곤들과 함께 몸을 숨겼다. 놈을 제거하기 전엔 안심할 수 없기에 라예가르가 백방으로 찾아 나섰지만, 흔적을 찾기가 영 어려웠다.

그런 와중에 알레그리아가 찾아왔고, 그 실마리를 풀어 준 것이다.

"이쪽에서 놈이 숨은 곳을 내게 알려 주기로 하였다."

"그럼 그 대가로……."

"그래, 그래서 아카데미에 받아 준 거지."

"나한테는…… 죽었다고 했잖아. 내가 꼭 죽여 버리려고 했는데, 아빠가 해치웠다며! 어쩔 수 없었다고 말해 놓고선!"

"당시엔 그게 최선이었다. 아직은 네가 상대하기엔 위험해."

라예가르를 제외한 드래곤 중 가장 강한 자를 꼽으라면 단연 칼리오페였다. 지금은 숨을 죽이고 있지만, 놈이 언제 어디에서 자신과 일라이에게 덤벼들지 몰랐다.

훗날 홀로 남을 아들을 위해서라도 라예가르는 반드시 놈의 생명줄을 끊어 놓아야만 했다.

"참 웃기는 노릇이네요. 인간계를 지켜야 할 드래곤이 정령계를 멸망시킨 천계와 손을 잡다니. 이거 완전 희극 아닙니까?"

졸지에 걱정거리가 하나 더 늘었다. 이제 막 새 학기가 시작되었건만, 어쩐지 벌써 문젯거리가 쌓여 가는 느낌이었다.

"오히려 잘됐어."

"…바율?"

바율이 섬뜩한 말을 내뱉은 것은 그때였다.

"물리쳐야 할 적이 하나가 되었잖아."

바율의 눈동자가 언젠가처럼 색색의 빛으로 반짝였다.

"같이 쓸어버리면 돼."

2.

알레그리아의 아카데미 생활은 그야말로 순조로웠다. 아름다운 외모로 학생들의 시선을 단박에 앗아 간 것으로도 모자라, 상냥한 태도와 고운 말씨로 학우들의 마음까지 손쉽게 사로잡은 그녀는 하루 만에 '다정한 천사'란 별명을 얻기도 했다.

'천족에게 딱 어울리는 별칭이네' 하고 일라이가 이죽거렸지만, 친구들은 아무런 호응도 할 수가 없었다. 블랙 드래곤 칼리오페가 녀석을 노린다는 말에 머릿속이 걱정으로 가득했기 때문이다.

드래곤 사회에 대한 문제는 일전의 사건을 마지막으로 다 끝난 줄 알았는데, 이런 식으로 천계와 엮여 있을 줄은 몰랐다.

거기에 알레그리아는 칼리오페가 숨은 곳을 알려 주는 대가로 아카데미에 입학한 이유가 바율을 지키기 위해서라고 했다.

과연 그녀의 말은 전부 사실일까?

다른 속내가 감추어져 있는 것은 아닐까?

그녀를 보고도 엘라륨이 아무 반응이 없는 걸 보면 여태 한 말들이 아주 거짓은 아니라는 얘기인데, 그래도 상대가 상대이니만큼 마음을 편히 놓을 수 없었다.

"자, 그럼 어디 편입생 실력이 어느 정도일지 우리 함께 지켜볼까?"

칼 반스 교수님의 가국어 수업 시간이었다. 그가 턱에 난 덥수룩한 수염을 손으로 쓱 훑어 내리더니 지시봉으로 알레그리아를 가리켰다. 공교롭게도 그녀는 제2외국어로 바율과 같은 가국어를 선택했다.

알레그리아가 특유의 미소를 지으며 자리에서 일어났다.

그때 갑자기 칼 반스 교수가 느닷없이 바율을 지목했다.

"바율 로마노프 혼 란데르트."

"…예?"

집중이 안 될 게 뻔하기에 바율은 일부러 강의실 뒤편에 자리 잡고 있었다. 그가 어리둥절해서 대답하자 반스 교수가 알레그리아에게 했듯 지시봉을 들어 일어나란 신호를 보냈다.

"3학년씩이나 돼서 자기소개 같은 건 조금 심심하지 않겠나? 듣자 하니 새로운 학생의 외국어 능력이 대단하다 하더군. 그러니 그에 맞춰 학부 수석이 응대해 줘야겠지?"

학부 수석이 저만 있는 건 아닌데요…….

일라이와 에이단, 그리고 라나사까지 전부 함께 듣는 수업이었다. 수석을 떠나 라나사는 가국어 시험에선 바율과 늘 일이 등을 다투는 사이였다.

그런데도 자신만 콕 찍어 명시하는 건 아마도 아버지 때문일 터였다. 칼 반스 교수님은 알아주는 아버지의 숭배자이시니까.

"대화의 주제는 없다. 자유롭게 이야기를 나눠 보거라."

그냥 학생과도 얘기하기 어려운 판국에, 하필 상대가 알레그리아라니.

바율은 절로 튀어나오는 한숨을 애써 꾹 눌러 담으며 힘겹게 몸을 일으켰다. 대관절 무슨 말을 해야 할지 떠오르는 게 하나도 없었다.

하지만 그건 괜한 기우였다.

마지못해 응하는 바율과 달리 알레그리아는 여전히 여유가 넘쳤다. 심지어 그녀는 바율을 처음 본 척 훌륭한 연기까지 펼쳤다.

"안녕? 나는 그리아라고 해. 만나서 반가워."

"…응, 나도 반가워. 내 이름은 바율이야."

"너에 대해선 당연히 알고 있어. 우리나라에서도 무척 유명하거든."

"…그렇구나."

"난 아직 정령을 직접 본 적은 한 번도 없지만, 그들이 사라졌던 이유가 천족 때문이라는 얘기는 들었어. 그게 사실이니?"

"……!"

알레그리아의 예상치 못한 발언에 바율은 진심으로 깜짝 놀랐다. 그건 친구들도 마찬가지였다. 설마 천족이 제 입으로 먼저 정령계의 멸망에 대해 거론할 줄은 몰랐던 탓이다.

"정령에 대한 인간들의 애정을 질투한 나머지 천신들이 합심해서 정령계를 멸망시켰다는 소문이 자자하더라. 나는 물론, 내 가족들과 친구들 모두 믿을 수가 없었어. 어떻게 고작 그런 이유로 정령을 세상에서 지워 버렸던 건지. 결국 피해는 우리 인간들이 가장 많이 입은 거잖아. 안 그래?"

무슨 생각인지 알레그리아는 혼자 거의 열변을 토하고 있었다. 뜻밖의 상황에 바율은 아무 대답도 못 한 채 멀뚱히 그녀만 바라보았다.

"내가 살던 곳에선 대대로 천신을 믿었지만, 이젠 그러지 않기로 했어. 그들은 그렇게 사랑받을 자격이 없다고 생각하거든."

가국어를 알아듣는 아이들 몇몇은 알레그리아의 말에 공감한다는 듯 고개를 끄덕였다. 신보다 정령이 백배 낫다는 둥, 이참에 절망의 신도로 갈아탔다는 둥 저들끼리 속삭이는 소리도 이어졌다.

"바율 네가 아니었다면 우리는 여전히 끔찍한 자연재해 속에서 고통받으며 살아가고 있었겠지. 내가 모두를 대표할 자격은 없지만, 그래도 고맙다고 말하고 싶었어. 이 세계가 얼른 안정을 찾았으면 좋겠다. 너라면 그렇게 할 수 있으리라고 믿어."

"천신들이 한 짓을 보면 나는 아예 천계가 멸망했으면 좋겠는데, 넌 그에 대해선 어떻게 생각해?"

"라, 라이⋯⋯."

별안간 끼어든 음성의 주인공은 일라이였다. 녀석이 붉은 두 개의 눈동자를 선득하게 빛내며 알레그리아에게 물었다.

대화 내용이 꽤 흥미진진했는지 반스 교수는 딱히 제재하지 않았다. 기실 방금 알레그리아가 말한 내용은 현재 대륙 전반에 걸쳐 급격하게 퍼져 나가는 중이었다.

이 모든 건 바율 일행의 계획으로, 천계의 만행을 알려 천신의 세력을 축소하기 위한 일종의 여론 몰이였다.

천족인 그녀 역시 당연히 그걸 알고 있을 터.

돕겠다는 말이 진짜였을까?

천계가 사라져도 그녀는 정말 괜찮을 수 있을까?

바율이 차마 묻기 어려운 질문을 일라이가 대신 던진 셈이었다.

"공존할 수 없다면…… 그쪽이 낫겠지."

"뭐? 천계가 망해도 괜찮다고? 진심이야?"

"난 인간의 편이니까."

알레그리아는 한 치의 망설임도 없이 대답했다.

인간의 편.

그 말을 조심히 곱씹던 바율은 그제야 비로소 그녀를 조금은 이해할 수 있을 것 같았다.

알레그리아가 자신들을 돕는 이유는 단순하면서도 확고했다.

인간의 고통을 더 이상 외면할 수 없어서.

이 세상에 필요한 건 신보다 정령이라서.

그녀는 다른 무엇도 아닌, 바로 인간의 행복을 위해 지금과 같은 행보를 보이는 것이었다.

"나도 천계가 망해 버리면 좋겠어! 그동안 우리가 고생했던 게 다 천족 때문이었다니, 어이가 없다고!"

"정령이 다시 나타나지 않았으면 어쩔 뻔했어? 진짜 상상하고 싶지도 않다!"

"가만, 이러다 혹시 천신이 옛날처럼 또 정령을 질투해서 무슨 일 나는 거 아니야?"

"그건 안 돼! 이따 다 같이 절망의 신전에 가서 기도하자. 이번엔 우리가 정령들을 지켜야지!"

알레그리아의 말투는 시종일관 차분했지만, 묘하게 분위기를 선동하는 힘이 있었다. 그녀의 뜻에 동화된 아이들이 너도나도 천족을 타도하자며 외쳐 댔다.

바율과 친구들은 내심 기가 찼다.

알레그리아가 이렇게까지 나올 줄은 몰랐기 때문이다. 이토록 대놓고 천족을 미워하게 만들다니, 이걸 잘했다고 해야 할지 말아야 할지 순간 헷갈렸다.

"쟤 저러다 칼 맞는 거 아닐까?"

실내가 소란한 틈에 라나사가 문득 걱정에 찬 음색으로 낮게 속닥였다.

"칼?"

"동족에게 피습당하는 거 아니냐고. 천족 입장에서 보면 배신자나 마찬가지잖아."

"아무리 그래도 주신의 딸인데, 설마⋯⋯."

"원래 설마가 사람 잡는다고 했어. 기쁨의 신, 아니, 그리아의 말이 모두 진심이라면 그럴 확률이 아예 없는 것도 아니야."

에이단은 어느새 알레그리아를 그리아로 호칭하고 있었다. 녀석도 라나사처럼 그녀를 염려하는 기색이 완연했다. 그러자 일라이가 인상을 와락 일그러뜨리며 짜증스레 말했다.

"야, 너희 뭐 잘못 먹었어? 우리가 왜 천족 걱정을 하냐? 어떻게 되든 말든 그게 무슨 상관이라고."

"그래도 우리한테 도움이 될지도 모르잖아."

"맞아. 칼리오페인지 뭔지가 숨어 있는 곳도 알아다 준다고 했다며."

"그런 거 몰라도 되거든? 나 하나도 겁 안 나."

라예가르는 줄곧 상대가 안 된다고 하지만, 일라이는 자신 있었다. 태양의 심장을 거둔 뒤로 스스로가 부쩍 강해졌음이 느껴졌다.

더욱이 놈은 제 친모를 죽인 원수였다.

얼굴도 보지 못한, 이제껏 있는지조차 몰랐던 어머니.

어머니에 대한 복수만은 반드시 자신이 직접 하고 싶었다.

일라이에게 당장 소원이 하나 있다면, 놈이 제 발로 저를 먼저 찾아오는 것이었다. 그러면 세상에서 제일 잔인하고 악랄한 방법으로 놈을 죽이리라. 그래야만 끓어오르는 이 분노를 겨우 누그러뜨릴 수 있을 듯했다.

친구들이 못 말린다는 눈길로 일라이를 쳐다볼 때, 반스 교수가 지시봉으로 교탁을 내리쳤다.

탁탁!

"너희들의 열띤 대화 잘 들었다. 그리아의 가국어 솜씨가 듣던 대로 제법이구나. 바율은 말할 것도 없고."

바율이 가국어로 말한 것이라곤 인사말과 제 이름 정도가 전부였다. 오히려 일라이가 더 많은 말을 했음에도 자신만 칭찬을 받자 얼굴이 다 화끈거렸다.

다행스러운 건 그에 대해 아무도 이상하게 여기지 않는다는 것이었다.

"천계의 만행에 대해선 나 또한 전해 들었다. 선생으로서 제자들에게 종교에 대한 선택을 강요할 순 없지만, 개인적으로 말해 보자면 모든 사실이 밝혀진 지금에도 이전처럼 천신을 섬기는 건 정령들에게 못 할 짓이라고 본다."

반스 교수의 시선이 잠시 바율에게 머물렀다가 지나갔다.

"그리아의 말처럼 정령들이 새로이 탄생하지 않았다면 이 세계는 이미 돌이킬 수 없을 만큼 엉망이 되고도 남았을 터! 그런 우리를 구해 준 것이 바로 정령이다. 한데 그런 고마운 존재를 위협하는 이들이 있다면, 그것이 설사 신이라 할지라도 우리 인간이 맞서 싸워야 하지 않겠느냐?"

분명 가국어 수업이거늘, 분위기가 이상하게 흘러가고 있었다.

2학기엔 아카데미의 최대 행사인 가을 축제가 있기에 중간고사가 일찍부터 시작되는 편이었다. 당연히 그에 맞춰 진도를 빼야 하는데, 알레그리아에 이어 반스 교수마저 열변을 늘어놓았다.

"다들 현명한 판단을 하길 바란다. 이 대륙이 재차 재앙에 잠식된다면 그건 모두 천계의 탓일 거다!"

"우와, 교수님 왜 저렇게 열정적이셔? 야, 아무래도 바율 너 때문인 것 같다."

"어, 그러게. 이 녀석 보는 눈빛이 전과는 다르시네."

"신도가 성현을 가르치려고 하니 엄두가 안 나시나 봐."

반스 교수는 예전부터 절망의 신전의 신도였다. 가뜩이나 배경이 대단한 제자가 급기야 제가 모시는 신에게 선택되기까지 했으니 그 심경이 어떨지 대충 짐작은 갔다.

침을 튀겨 가며 열심히 포교(?) 활동을 하는 그의 옆으로 처음과 다름없는 온화한 표정의 알레그리아가 보였다.

'아버지껜 편지가 닿았을까?'

그녀의 존재를 안 순간, 바율은 바로 아버지에게 서찰을 보냈다. 가뜩이나 바쁘신 분에게 걱정 끼치고 싶지 않았지만, 천족의 등장은 가벼운 문제가 아니었다.

아직 찾지 못한 태고의 신물 두 개.

그리고 정령왕이 되지 못한 셰임과 템페스타.

분명 유리한 상황은 아니었다. 하나 불길함은 들지 않았다. 그보다 왠지 모를 뜨거운 감정이 바율의 전신을 휘감았다.

넌 할 수 있단다.

바율, 힘내.

버릇처럼 목에 건 펜던트를 손으로 그러쥐자, 어디선가 어머니와 바일의 응원 소리가 들려오는 듯했다.

Chapter 5.
알레그로

1.

"우아아!"

"장난 아니다!"

오후 수업을 마친 어느 날이었다. 연무장을 지나치던 아이들이 벽 너머에서 들려오는 경탄성에 너도나도 호기심을 안고 홀린 듯 몰려들었다.

카앙! 캉!

곧 있을 수행 평가 때문인지 연무장 내엔 기사학부생들이 많이 보였다. 하지만 현재 그들 대부분은 훈련의 의지를 내려놓은 채 일제히 한곳만 바라보고 있었다.

"라나사랑 그리아야!"

"둘이 대련 중인가 봐!"

새로 등장한 아이들이라고 다르지 않았다. 그들은 흥분을 감추지 못하며 조금이라도 가까이에서 보기 위해 서둘러 움직였다.

입학 후로 기사학부 수석을 한 번도 놓치지 않은 라나사와 편입하자마자 학생들의 온 관심을 받는 알레그리아의 대결이었다.

라나사로 말할 것 같으면 아카데미 전 학년을 통틀어서 다섯 손가락에 꼽히는 실력자였다. 그녀는 세이모어가의 직계답게 이미 보통의 기사 수준을 훨씬 뛰어넘는 역량을 갖추었다.

알레그리아는 또 어떤가.

천사 같은 외모는 이제 새삼 감탄하기도 지겨웠다. 그녀는 놀라운 외국어 능력을 선보이는 것을 시작으로, 거의 모든 방면에서 두각을 나타냈다.

특히 검술 실력이 예사 수준이 아니었다. 야리야리한 몸어디에서 그런 힘과 기술이 나오는지, 단번에 라나사의 라이벌로 떠올랐다.

지금 그런 둘이 대련을 펼치는 것이다.

구경하는 이들의 입장에선 자연스레 승부가 궁금해질 수밖에 없었다.

까강!

라나사의 장검과 알레그리아의 레이피어가 부딪쳤다. 그들의 검은 무게와 크기 면에서 많은 차이가 있었지만, 그것이 승패에 영향을 끼치진 않을 듯했다. 둘 다 본인의 무기를 마치 제 몸처럼 자유자재로 활용 중이었기 때문이다.

"그 검이 네게 있었네."

알레그리아가 라나사의 검을 알아보곤 방긋 웃었다. 태고의 신물 중 하나인 천사의 날개는 능력만 허락한다면 천족도 쉽게 베어 낼 만큼 강력한 무기였다.

하나 그걸 보고서도 그녀는 두려운 기색을 조금도 내비치지 않았다.

"봐주지 말고 덤벼. 안 그래도 천족들은 어떤 식으로 싸우는지 궁금하던 참이었거든."

"아하. 내게 갑자기 대련을 요청한 이유가 그거였구나?"

"네게 감정은 없어."

천계와의 전쟁이 머지않았다. 라나사는 그에 맞춰 대비를 하고 싶었기에 가장 적합해 보이는 상대인 알레그리아를 택했을 뿐이다. 표면상 기사학부생이니 하등 이상할 것도 없는 상황이었다.

"알아."

알레그리아도 그 정도 구분은 할 수 있었다.

"그런 거라면 얼마든지 응해 줄게."

지금은 보는 눈들이 많아 힘을 전부 개방할 순 없지만, 그래도 라나사를 상대하는 것 정도는 문제없었다.

타핫!

바짝 붙어 있던 그들이 잠시 떨어지더니, 다시금 서로를 향해 검을 휘둘렀다. 찰나 동안 수십 번의 마찰이 오갔다.

"와아, 눈에 잘 보이지도 않아!"

"쟤들…… 우리랑 같은 학년이 맞긴 맞냐?"

아이들이 탄성을 내지르는 반면, 라나사는 어깨를 으쓱이며 알레그리아를 도발했다.

"설마 이게 다는 아니겠지? 그럼 실망인데."

"몸 좀 풀었어. 이제 시작이야."

"기대되네."

라나사가 싱긋거리며 검의 옆면으로 레이피어를 밀어냈다. 그러곤 제 몸속의 마나를 끌어모아 그대로 알레그리아의 머리를 향해 대검을 내리그었다.

후웅!

공기를 가로지르는 듯한 소리가 들려왔다. 실로 무시무시한 파공음이었다.

"엄마야!"

"으악!"

구경하던 아이들은 저들도 모르게 비명을 질렀다. 그들 눈에는 라나사의 검에 알레그리아의 머리가 두 동강이 날 것만 같았기 때문이다.

하지만 그런 끔찍한 광경은 벌어지지 않았다.

알레그리아는 이미 진작부터 움직이고 있었다. 그녀의 레이피어가 한 마리 제비처럼 표홀하게 반원을 그리더니, 라나사의 검날을 가볍게 때렸다.

땅!

아주 작은 힘이었지만, 그 절묘한 반격에 라나사의 대검이 궤적을 벗어나 아슬아슬하게 알레그리아를 빗겨 갔다.

무게 중심이 앞으로 쏠리자 라나사의 균형이 살짝 흔들렸다. 알레그리아는 그 순간을 놓치지 않고 라나사의 발목을 툭 치듯 걸어 당겼다. 이어 무너지는 라나사의 어깨로 레이피어가 번개처럼 빠르게 찔러 들어왔다.

"아앗!"

"안 돼!"

아이들의 비명이 재차 터져 나왔다. 대련을 하는 이들보다 지켜보는 관중들이 외려 더 피가 말랐다.

레이피어의 뾰족한 칼날이 라나사의 어깨를 꿰뚫기 직전.

"핫!"

별안간 라나사가 팽이처럼 몸을 돌리더니 알레그리아의 복부를 향해 뒷발을 뻗었다.

알레그리아의 얼굴에 처음으로 당혹감이 스쳤다. 당연히 피하는 쪽을 선택할 거라 여겼거늘, 그 상태에서 반격을 노릴 줄은 몰랐다.

라나사의 승부욕을 간과한 것이 첫 번째 실수였고, 내심 인간 소녀라 얕본 점이 두 번째 실책이었다.

이대로 공격을 이어 간다면 라나사의 어깨를 제압할 수야 있겠지만, 동시에 자신도 그에 못지않은 충격을 받을 것이다. 서로의 훈련을 위하고자 좋은 의미로 시작한 대련에서 피를 볼 수는 없는 노릇이었다.

'그렇다면.'

알레그리아의 결정은 신속했다. 그녀가 몸에서 빠르게 힘을 빼더니, 레이피어를 자연스럽게 손에서 놓았다.

챙그랑!

쇠붙이가 떨어지는 소리가 요란하게 장내를 울렸고, 라나사에게 복부를 걷어차인 알레그리아는 바닥에 흔적을 남기며 뒤로 주르르 밀려났다.

비록 넘어지진 않았으나, 아이들의 눈엔 분명한 라나사의 승리였다.

"역시 라나사야!"

"학부 수석은 아무나 하는 게 아니지!"

"얼음 여신 최고다!"

아무리 호감이 간다고 해도, 역시 이제 막 편입한 알레그리아보다는 라나사가 이긴 게 아이들은 더 기쁜 모양이었다. 몰려 있던 이들 대다수가 라나사의 승리를 기뻐하며 손뼉을 쳐 댔다.

그러나 허리를 펴는 라나사의 표정은 그다지 밝지 않았다. 알레그리아가 일부러 그랬다는 것을 누구보다 잘 아는 탓이다.

"하하, 내가 지고 말았네."

레이피어를 주워 드는 알레그리아가 마치 들으라는 듯 크게 말했다.

"다음엔 좀 분발해야겠다."

대련을 위해 묶어 두었던 그녀의 금빛 머리칼이 몇 가닥 삐져나와 있었다. 알레그리아가 손등으로 그것들을 아무렇게나 넘기며 해맑게 웃었다.

"난 거짓말은 질색이야."

그와 대조적으로, 라나사는 천사의 날개를 검집에 넣으며 차갑게 내뱉었다.

"이런 식으로 나올 거면 다음은 필요 없어. 알겠니?"

"…네가 다칠 수도 있었어."

"그건 네 생각이지."

"내가 레이피어를 거두지 않았으면…….."

"왜, 내가 어깨를 찔리기라도 했을까 봐?"

"…아니니?"

"궁금하면 제대로 덤벼. 인간이 꼭 천족보다 약해야만 한다는 법은 없으니까."

인외의 존재들이란 하나같이 인간을 너무 약하게만 보는 경향이 있었다. 그러나 인간도 충분히 노력하면 강해질 수 있었다. 바로 란데르트 공작 전하처럼.

마에스터의 경지에 오른 란데르트 공작은 라나사의 우상이었다. 물론 같은 여인으로서 만월 기사단에 입단한 헤이즈를 누구보다 존경하긴 하지만, 라나사의 궁극적인 목표는 공작과 같은 경지에 이르는 것이었다.

"로건, 가자."

라나사가 싸늘하게 돌아서며 로건에게 턱짓했다. 마침 같이 수업을 들었던 터라 그는 처음부터 끝까지 둘의 대련을 관람할 수 있었다.

"기분 풀어. 저쪽도 저쪽 나름대로 꽤 당황한 것 같으니까."

연무장을 나서며 로건이 위로했지만, 라나사의 안색은 달라지지 않았다.

그녀라고 꼭 이길 수 있을 거라 자신했던 것은 아니었다. 호기롭게 말하고 돌아서긴 했으나, 어찌 되었든 알레그리아는 천족이었다. 라나사는 그저 그녀를 상대로 인간인 자신이 어디까지 해볼 수 있나 가볍게 시험하고 싶었을 뿐이다.

라나사가 화난 건 그걸 알레그리아가 본인의 지레짐작으로 쉽게 어그러뜨렸기 때문이고.

"우리, 이대로 괜찮을까?"

"뭐가?"

라나사의 뜬금없는 질문에 로건이 걸으면서 그녀를 힐긋거렸다.

"언제 놈들이 들이닥칠지 모르잖아. 보탬이 되고 싶은데, 이러다 방해만 하게 되는 건 아닌지 해서."

"너답지 않게 왜 그런 약한 소리를 해?"

"우리 주변에 괴물이 좀 많니?"

라나사가 손을 펴고는 엄지를 시작으로 하나하나 접어가며 말했다.

"바율과 라이, 얘네 둘은 거론할 필요도 없어. 심지어 둘은 지금보다 점점 더 강해질 거야. 퀸도 그래. 물만 근처에 있으면 걔는 거의 무적이라고. 에이단은 동물을 조종할 줄 아는 테이머잖아? 거기에 검술 실력도 좋고."

"그런데 나와 너만 별 능력이 없다?"

"아니. 너에겐 기드온이 있잖아."

라나사가 로건이 항시 품고 다니는 단검을 슬쩍 눈으로 가리켰다.

"에고 소드를 지닌 네가 결코 평범할 리 없지."

"그래서? 그건 마치 넌 평범하다고 말하는 것처럼 들리는데."

"뭐, 너희들과 비교하자면 그런 셈이지."

라나사의 대답에 로건은 새삼 기가 찼다. 제 사촌 누나가 이런 희한한 생각을 하고 있었을 줄이야.

"라나사."

"응."

"내가 지닌 건 에고 소드지만, 넌 태고의 신물을 갖고 있어. 그걸 그새 잊은 거야?"

"아, 이거……?"

정말로 깜박했었는지 라나사가 걸음을 멈춘 채 제 허리를 내려다보았다. 검집에 새겨진 날개 모양의 보석들이 그녀의 예쁜 보라색 눈동자에 반사되어 번쩍거렸다.

"참고로 그 신물 때문에 너 역시 강해지는 중이라는 건 알고 있지?"

"조금은……."

"그리고 이사장님이 말씀하셨었잖아. 태고의 신물에 담긴 힘은 사용자에 따라 그 위력이 천차만별인 데다, 정확히 어떤 능력이 숨겨져 있는지조차 알 수 없다고."

"…그러셨지."

라나사는 그날을 떠올리며 나직이 중얼거렸다.

"그래. 이제라도 자각했으면 그런 얼굴 하지 마. 안 어울리니까."

"내가 좀 바보 같았나?"

"그렇다고 하면 나도 때릴 거야?"

"나 참, 누가 들으면 내가 너 자주 때리는 줄 알겠다? 오해 살 발언 좀 하지 마."

억울해서 항변하는 라나사에게 로건이 앞을 보라며 신호했다. 거기엔 요즘 라나사를 피해 다니느라 몹시 고달픈 삶을 사는 중인 라피트가 있었다.

"저 녀석은 종종 맞는 것 같던데."

"그거야, 공부를 너무 안 하니까 그렇지. 어쩜 너랑 백부님은 라피트 성적은 신경도 안 쓰니? 큰어머님도 그렇고. 쟤 저번에 몇 점 받았는지 알아? 자칫 잘못하다간 올해 유급당할지도 모른다고."

신경을 안 쓰는 게 아니라 포기한 거야.

그간 보아 온 게 있으니까.

로건은 그리 말하고 싶었지만 그럴 수가 없었다. 이미 라나사가 라피트를 향해 달려가고 있었기 때문이다.

"야, 라피트!"

멀리서 녀석이 움찔하는가 싶더니 갑자기 반대 방향으로 뛰기 시작했다. 뒤를 돌아보지 않고도 제 이름을 부르며 가까워지는 여인이 사촌 누나임을 직감한 것이다.

시험 때만 다가오면 벌어지는 익숙한 광경에 로건은 그저 피식 웃고 말았다.

2.

"얘, 얼굴이 왜 이러냐?"

다사다난했던 하루가 마무리되는 시간은 역시 저녁 식사 자리였다. 왁자지껄한 식당의 한편, 도서관 업무 일로 가장 늦게 합류한 에이단이 라피트의 부은 이마를 발견하곤 혀를 끌끌 찼다.

"또 라나사한테 맞은 거야?"

곧 있을 중간고사를 떠올린 녀석의 시선이 자연스레 라나사에게로 옮겨 갔다.

"그래도 저건 너무했다. 그나마 이 녀석 봐 줄 만한 거라곤 멀쩡한 얼굴뿐인데."

"나 아니거든?"

라나사는 한숨을 내쉬며 마시던 컵을 탁 내려놓았다.

"대체 몇 번째 설명하는 건지 모르겠네. 왜 오는 사람마
다 다 내가 그랬대?"

"그야, 너 아니면 누가 감히 저 녀석에게 손을 대겠냐?
그러다 되레 당할 텐데."

"나 말고 로건도 있잖아."

라나사가 로건을 지목했지만, 친구들이 알기로 그는 라
나사가 가족이 된 후로는 제 동생에게 전혀 손을 대지 않았
다.

이유는 간단했다. 로건이 훈육할 마음을 먹을 때쯤이면
이미 라나사가 나서서 손을 써 버렸기에 본의 아니게 그럴
필요가 없어졌기 때문이다.

"그리고, 라피트. 넌 입 없니? 왜 말을 안 해."

"내가 뭘요?"

누가 뭐라던 열심히 식사에만 열중하던 라피트가 퉁명스
레 눈을 들었다.

"내가 지금 오해받고 있잖아. 네 이마 때문에."

"누나 때문인 거 맞잖아요."

"뭐?"

"누가 그렇게 무섭게 쫓아오래요? 내가 진짜 얼마나 필사적이었는데."

"…넌 지금 그걸 자랑이라고 떠드는 거니? 그렇게 애초에 도망을 왜 가? 누가 잡아먹기라도 한대?"

"그러진 않겠지만, 어디 한 군데 부러질 수도 있겠단 불안함은 충분히 들고도 남죠."

"그러니까 이야기를 정리해 보면…… 라피트는 자길 쫓아오는 라나사를 피해 달아나다가 실수로 어딘가에 부딪혀서 저 꼴이 되었다는 건가?"

바율과 친구들은 나란히 고개를 끄덕였다. 미리 들어 알고 있던 덕분이다. 그들도 처음엔 모두 에이단처럼 오해를 한지라, 눈치를 보며 말을 아끼는 중이었다.

"에이단, 이제 알겠니?"

"응, 기분 상했다면 미안."

"됐어. 그렇다고 뭘 또 사과까지."

라나사는 손을 휘저으며 다시금 식사를 시작했다. 그러나 채 한 스푼 뜨기도 전에 그녀가 미간을 좁히며 불쑥 물었다.

"혹시, 내가 좀 심하니? 사촌 누나라고 너무 얘를 막 대하는 느낌이야?"

"아니."

"그 정도면 준수하지."

"넌 그래도 비 오는 날 먼지 나도록 패지는 않잖아."

마치 기다렸다는 듯한 친구들의 답변에 기가 막힌 건 라피트였다.

"형들! 피해자는 엄연히 저라고요! 저한테도 인권이란 게 있단 말입니다!"

녀석이 억울함을 한껏 담아 소리치자 입속에 있던 것들이 마구잡이로 튀어나왔다.

"아 씨, 더럽게!"

"인마, 조심 좀 해!"

그에 친구들이 재빨리 식판 위를 가리며 일갈하자, 라피트가 오기라도 부리듯 더욱 크게 외쳤다.

"아이고, 죄송합니다! 제가 밥상머리 교육을 제대로 못 받아서!"

무엇인지 모를 알맹이와 침이 한데 섞여 탁자 위를 어지럽혔다.

"라피트."

로건의 금안이 경고의 빛을 담아 동생에게로 향했다.

다른 말은 없었지만, 라피트는 알아들었다. 여기서 한 발만 더 나갔다간 오랜만에 형의 손에 목검이 들릴 것이다. 그리고 그렇게 되면 자신은 조금 전 형들의 말처럼 비 오는 날 먼지 나듯이 맞고 바닥을 구르게 될 터.

"쳇."

결국 작게 투덜거린 녀석은 침묵을 선택했다. 먼저 태어나지 못한 게 한이라면 한이었다.

"그보다 라나사, 너 그리아랑 한판 붙었다며?"

식당으로 오는 내내 여기저기서 그 얘기가 지겹도록 들려왔다. 같은 기사학부지만 수업이 달라 그 장면을 직접 보지 못한 게 에이단은 무척 아쉬웠다.

"이겼다면서? 그쪽이 제힘을 다하지 않았었나 보지?"

"뭐, 그렇지."

당시를 떠올리자 라나사의 눈매가 가늘어졌다. 다시 생각해도 미련이 남는 대련이었다.

"어땠어? 제대로 싸우면 이길 수 있을 것 같아?"

"글쎄…… 그리아랑 진심으로 대결할 날이 오긴 할까?"

어쨌든 지금의 그녀는 아군이었다. 만약 알레그리아의 모든 말들이 정녕 진실이라면 일행과 검을 맞댈 일은 없을 것이다.

"신물에선 아무 반응 없었어?"

"응, 내가 아직 미흡한가 봐."

기실 천사의 날개의 능력을 알아내기엔 대련에 임했던 시간 자체가 짧았다. 그걸 알면서도 실망감이 드는 건 어쩔 수 없었다.

"헤에! 역시 너희도 그리아에 관해 이야기 중이었구나?"

갑작스레 슈빅이 대화에 끼어든 건 그때였다. 일찍이 식사를 마친 녀석은 근래 들어 일행을 꽤 자주 찾아왔다.

"라나사, 축하해. 난 네가 이길 줄 알았어."

그렇게 말하면 고맙다고 답이라도 해 줄 줄 알았는지, 슈빅이 커다란 갈색 눈을 깜박이며 라나사를 쳐다보았다.

일전의 실수를 만회하려는 심산이었지만, 그런 게 그녀에게 통할 리 없었다. 실제로 라나사는 대련에서 이긴 것도 아니었다.

"아하하, 내 목소리가 너무 작았나 보다. 그치?"

라나사가 아무런 반응이 없자 슈빅이 과장되게 웃으며 애꿎은 에이단의 어깨를 꽉 잡았다. 그러곤 빠르게 다른 화제를 꺼냈다.

"참! 조금 전에 그리아에게 웬 남자 손님이 찾아왔는데, 얼굴이 장난 아닌 거 있지!"

"…손님?"

"그리아의 손님이 확실해?"

"어! 관계가 어떻게 되는지는 모르겠지만, 그 사람 얼굴에서도 막 빛이 나더라니까? 끼리끼리라더니, 역시 잘난 사람은 잘난 사람끼리 다니나 봐!"

"이상하군. 아카데미 내부는 원래 외부인 출입 불가 아 닌가? 축제 때만 개방하는 걸로 알고 있는데."

로건의 지적에 슈빅이 그러잖아도 그 말을 하려던 참이 라는 듯 급하게 한쪽 손을 내저었다.

"맞아! 안 그래도 나도 그게 수상해서 뒤를 밟았거든? 근데, 그 둘이 어디로 향했는지 알아?"

"어디로 갔는데?"

"설마…… 이사장님 사무실이냐?"

퀸은 슈빅의 눈길이 잠시 일라이에게 머문 찰나를 놓치 지 않았다.

"헐, 맞아. 퀸, 어떻게 알았어?"

바율과 친구들의 시선이 허공에서 부딪쳤다. 알레그리아 에게 누군가 찾아왔고, 그녀가 그를 라예가르에게 데려갔 다.

그들 사이에 얽힌 용건은 딱 하나뿐이었다.

블랙 드래곤 칼리오페.

아무래도 '손님'은 알레그리아의 수하이고, 그가 칼리오 페의 위치에 대한 정보를 가져왔을 게 분명하다.

"생각보다 빨리 찾았네."

"이제 곧 조용해지겠어."

놈이 숨은 곳만 알면 처리하는 것쯤이야 라예가르에겐

그리 어려운 일도 아니었다.

현재 드래곤 로드인 그의 힘은 상당했고, 권세 역시 드래곤 사회를 단단히 움켜쥐고 있을 만큼 막강했다.

친구들은 칼리오페가 이 세상에 있을 날도 얼마 남지 않았다고 생각했다.

드르륵.

그때, 일라이가 말없이 일어섰다. 녀석의 붉은 눈동자가 때아닌 한기를 뿌려 댔다.

"라이……."

"이사장님한테 가려고?"

친구들은 일라이의 심정을 어렴풋이나마 짐작할 수 있었다. 하나 슈빅은 아무것도 모른다. 녀석이 조금 전과 변함없는 말투로 지나가듯 말했다.

"지금은 가도 안 계실 거야. 바로 나가시더라고."

"뭐? 나가?"

일라이의 신형이 멈칫했다.

"어. 그리아의 손님이랑 같이 급하게 가시던데."

"그게 언제야? 둘이 어디로 갔는데. 그걸 왜 이제 말해!"

"나도 조금 전에 봤다고 했잖아. 어디로 갔는지는 당연히 모르지. 라이, 왜 갑자기 화를 내?"

슈빅에겐 그야말로 봉변 그 자체였다. 장난이야 왕왕 쳤어도 여태 이런 식으로 정색하며 화를 냈던 적은 없었기에 당혹스럽기도 했다.

"라이, 일단 좀 진정해."

"슈빅, 놀랐지? 미안. 라이한테 좀 그럴 만한 사정이 있어서 그래."

바율과 에이단은 각각 일라이와 슈빅을 달랬다.

"지금 이러고 있을 게 아니야. 바로 뒤쫓아야 해."

일라이는 아카데미 내만 벗어나면 충분히 라예가르를 추적할 수 있으리라 확신했다. 칼리오페를 이대로 허무하게 보낼 순 없었다.

"꺄아아악!"

"드, 드래곤이다!"

"으아아아!"

별안간 식당에 비명이 난무한 것은 일라이가 급히 이동하려 할 때였다.

"뭐가 나타나?"

"드래곤?"

바율과 친구들은 본인의 귀를 의심했다. 그들은 순간 칼리오페가 일라이를 죽이러 온 건가 하는 생각까지 들었다.

하지만 그렇다기엔 아무런 살기도 느껴지지 않았다. 오

히려 바율의 감각에 잡히는 건 너무나 익숙한 기운이었다.

"바율, 이거……!"

드래곤이란 단어에 제일 놀란 건 아마 일라이일 터였다. 흡사 숨이 멎은 듯 정지해 있던 그가 이내 두 눈을 휘둥그레 뜨며 바율을 돌아보았다.

"응, 맞는 거 같아."

용광로처럼 이글이글 타오르는 뜨거운 불꽃.

불의 정령왕인 스피넬과 비슷한 듯하면서도 다른 기운이 식당에 등장했다.

"저, 저기!"

놀란 슈빅이 에이단의 뒤로 재빨리 몸을 숨기며 천장의 샹들리에를 가리켰다.

수십 개의 초 사이를 요리조리 오가는 그것은 분명 드래곤의 외형과 닮았다. 그러나 친구들이 보았던 본체에 비해 크기가 매우 작았고, 그와 대조적으로 꼬리는 무척이나 길었다.

실내가 어둑하지 않아 샹들리에엔 아직 초가 켜지지 않은 상태였다.

화라락!

한데 어느 순간 수십 개의 초에 한꺼번에 불이 들어왔다.

그게 끝이 아니었다. 천장을 길 삼아 벽으로 접근한 그것은 실내의 불이란 불은 다 켜겠다는 양 열심히 휘젓고 다녔다. 순식간에 식당의 모든 초에 불이 붙었다.

"바율……."

"저 녀석이 혹시 불의 상급 정령인 거냐?"

"응, 스피넬의 고민이 길어지나 싶었는데 이제 막 완성한 모양이야."

"근데 왜 저렇게 산만해?"

"어?"

"꼭 미친놈처럼 왔다 갔다 하고 있잖아. 스피넬이 만들었다면서?"

일라이는 평소 스피넬이야말로 가장 점잖고 예의 바른 정령이라며 입이 마르도록 칭찬을 아끼지 않고는 했다. 그런 녀석의 태도를 눈꼴시게 생각하긴 해도, 친구들 역시 그가 하는 말을 부정하진 않았다.

그런데 그렇듯 칭찬을 들은 스피넬에게서 나왔다는 상급 정령은 어째 템페스타보다도 정신이 더 없어 보였다.

난데없이 나타나 소란을 피워 대는 게, 꼭 하급 정령 시절 이노센트와 템페스타를 보는 것만 같았다.

"스피넬은 어디서 뭘 하기에 저걸 그냥 두는 거야?"

"창피해서 숨은 게 아닐까?"

"오, 일리 있다. 왠지 나라면 그랬을 듯."

"아하하…… 그런가?"

바율은 차마 대꾸할 말이 없어 어색하게 웃었다. 그도 스피넬이 조용한 게 마음에 걸리기는 했다.

"계속 저대로 둬도 괜찮은 거야?"

학생들이 너도나도 외마디 소리를 지르며 식당을 뛰쳐나가고 있었다. 누군가를 다치게 하지는 않았다지만, 이런 일이 벌어지면 곤란한 건 사실이었다.

"얘, 얘들아! 나도 먼저 갈게!"

슈빅도 겁을 집어먹고는 긴 다리를 이용해 다급히 뒷문을 향해 달렸다. 어느덧 식당 안엔 바율과 친구들밖에 남지 않았다.

잠자코 있던 일라이가 입을 연 것은 그때였다.

"이리 온."

머릿속을 짓누르며 울리는 목소리. 그 음성의 정체는 드래곤만이 사용할 수 있는 '용언'이었다. 그가 천장을 향해 손을 뻗자 작은 레드 드래곤 한 마리가 불길을 휘날리며 그들에게로 천천히 날아왔다.

3.

구우우. 구우우.

만월이 다가오는 초가을 밤.

바율과 친구들은 새 학기가 시작되고 처음으로 타락의 숲에 위치한 오두막을 찾았다. 남들의 시선을 피해 가며 수련을 했던 게 엊그제 같은데, 이곳에 오니 이제 더는 그럴 필요가 없어졌다는 것이 새삼 실감 났다.

아카데미에 오면 셰임이 늘 휴식을 취하는 장소이니만큼 오두막 내부는 먼지 한 톨 없이 깨끗했다. 일행은 둥글게 모여 앉아 고개를 한껏 뒤로 젖힌 채 일제히 천장을 바라보았다.

거기엔 오늘 낮에 식당을 소란스럽게 만들었던 주범, 불의 상급 정령이 박쥐라도 된 양 대들보에 꼬리를 말고 거꾸로 대롱대롱 매달려 있었다. 그런 녀석의 두 눈은 마치 관찰하듯 일행을 주시했다.

"희한한 놈일세."

"아카데미를 미친 듯이 헤집어 놓을 때는 언제고, 이제 와서 얌전한 척이야? 이리 내려와 보라니까?"

에이단이 손짓했지만, 녀석은 듣는 척도 하지 않았다.

"와, 라이 말만 듣는다 이거지?"

친구들은 녀석이 일라이의 용언에 반응했던 그 순간을 잊지 못했다.

체구는 작아도 온몸에서 뿜어져 나오는 불의 기운은 가히 상상 이상이었다. 그 열기에 절로 움찔하며 친구들이 후다닥 뒤로 물러선 반면, 바율과 일라이는 환하게 웃으며 팔을 뻗었다.

둘의 몸에 사이좋게 다리를 한 짝씩 내려놓던 녀석이 인사랍시고 브레스를 내뿜었을 땐, 어이가 없어 입이 쩍 벌어졌다. 일라이가 즉시 불길을 거두었길 망정이지, 하마터면 식당이 홀라당 타 버릴 뻔했다.

"정령사는 바율이야. 당연히 라이보단 바율의 명을 더 우선시하겠지."

에이단의 말을 정정하는 퀸의 표정은 그리 좋지 못했다. 녀석에게서 흘러나오는 기운이 마음에 들지 않는 것이다. 이제 막 태어난 녀석은 아직 제힘을 조절하는 데 서툰 듯했다.

"야, 너! 당장 이리 와!"

지금 여기서 퀸과 가장 비슷한 심경을 가진 이를 꼽으라면 단연 이노센트였다. 그녀는 아까부터 불쾌한 심기를 숨기지 않은 채 불의 상급 정령을 노려보는 중이었다. 그런 이노센트의 양옆에는 토파즈와 퓌르가 호위하듯 자리해 있었다.

"어쭈? 상급 정령 주제에 감히 정령왕 말을 무시하네. 죽고 싶냐?"

우아하고 청순한 외모와는 몹시도 어울리지 않는 껄렁한 말투였지만, 오히려 친구들에겐 익숙하다 못해 친근한 모습이었다. 사실 그들은 앞으로 무슨 일이 벌어질지 자못 기대되기도 하였다.

천방지축 날뛰는 걸로는 둘째가라면 서러울 이노센트가 아니던가.

그녀가 팔짱을 풀며 손가락을 까닥였다.

"좋은 말 할 때 오지?"

"내가 왜?"

"오! 드디어 말했다!"

"뭐야, 말할 수 있었네!"

이노센트 입장에선 참으로 건방지기 짝이 없는 대꾸였지만, 그와 별개로 친구들은 마침내 들은 그 한마디가 그렇게 반가울 수가 없었다.

불의 상급 정령의 또렷하고 맑은 음성은 장난꾸러기 십 대 소년을 연상시켰다.

"완전 귀여워!"

"나 방금 소름 돋았잖아."

에이단이 소매를 걷으며 제 팔뚝을 보여 줬지만, 아무도 그에 관심을 갖지 않았다. 일라이는 계속해서 귀엽다는 말만 되풀이하는 중이었고, 로건과 라나사는 흥미진진한 눈빛으로 정령들의 신경전을 지켜보고 있었다. 퀸은 굳은 인상을 여전히 풀 생각이 없어 보였다.

"내가 왜에?"

이노센트가 분기탱천하며 녀석의 말을 고대로 따라 하자, 불의 상급 정령은 한술 더 떠서 답했다.

"난 불의 정령이야. 물 따위의 명령을 들을 이유가 없어."

"그렇지!"

일라이가 벌떡 일어나더니 손뼉까지 쳐 댔다. 녀석으로선 아주 마음에 쏙 드는 말이었기 때문이다.

"무례하군."

평소 침묵으로 일관하던 토파즈가 나선 것은 그때였다. 그에게서 이제껏 느껴 본 적 없는 서늘한 기세가 폭발하듯 뿜어져 나왔다.

"너의 왕이 아니라 할지라도, 엄연히 정령계를 이끄실 물의 정령왕이시다. 예를 갖추어라."

낮은 중저음이 좁은 실내에 우렁우렁하게 퍼졌다.

"이러다 상급끼리 붙는 거 아니야?"

"토파즈 저러는 거 처음 봐."

"역시 물과 불은 상극이네."

토파즈의 또 다른 면을 본 친구들은 숨을 죽인 채 속닥거렸다. 둘이 힘겨루기라도 할까 싶어 걱정하는 기색이었다.

그에 반해 바율은 슬며시 입꼬리를 올리며 몰래 웃었다. 토파즈 덕에 이노센트의 화가 눈 녹듯이 사르르 풀어지는 게 느껴졌기 때문이다.

저 대신 나서 주는 수하를 자랑스러워하는 모습이 정녕 귀엽기 그지없었다.

"싫은데?"

하지만 불의 상급 정령은 결코 만만한 놈이 아니었다. 녀석이 토파즈와 꼿꼿이 눈을 맞추며 제 의사를 분명하게 표현했다.

"어이, 새끼 드래곤."

그때 창가에서 마뜩잖은 얼굴로 가만히 서 있던 템페스타가 훅 끼어들었다.

"너, 하는 꼴을 보니 아주 우리랑도 맞먹겠다? 어? 나랑 셰임은 아직 상급인데, 한번 그렇게 해 봐."

템페스타가 힐긋거리는 방향에는 셰임이 있었다. 이 소란이 요란스럽기는 한 모양인지, 드물게 그까지 나와 있던 것이다.

그 둘을 번갈아 쳐다보는 불의 정령은 딱히 무어라 대답하지 않았다. 한데 그 낌새가 어쩐지 부정이 아닌 긍정에 가까웠다.

"히야, 재수 없는 게 스피넬이랑 똑같네, 똑같아."

이죽거리던 템페스타가 별안간 칼날 같은 바람을 날렸다.

쐐액!

그 바람이 향하는 곳은 대들보에 매달려 있는 불의 정령의 꼬리였다. 그러자 녀석이 잽싸게 꼬리를 풀더니 한 바퀴 빙 돌아 똑바로 섰다. 그러곤 한 줌의 망설임도 없이 템페스타에게 불꽃을 날렸다.

부지불식간에 일어난 일이었다. 미처 말릴 틈이 없었던 바율이 한 박자 늦게 불길을 소멸시키려는 순간, 여태 모습을 드러내길 꺼리던 스피넬이 마침내 나타났다.

사아악.

불의 상급 정령이 쏜 불꽃이 마치 빨려 들어가듯 스피넬에게 흡수되었다. 그야말로 순식간이었다.

"얌전히 있으라고 했더니, 이게 무슨 소란이지?"

바율에게 짧게 예를 올린 스피넬이 제 수하를 나무라며 무섭게 쏘아보았다. 처음엔 탄생의 기쁨을 주체하지 못하고 설쳐 대는 게 기가 차서 제지하지 못했다.

하지만 이내 정신을 차리고 주의를 준 뒤, 잠시 화산 지대에 다녀오던 참이었다. 저와는 너무 다른 녀석이 태어나는 바람에 심신의 안정이 필요했기 때문이다.

일라이처럼 멋진 정령을 만들어 내고 싶었는데, 외적인 부분에 신경 쓰느라 미처 성격을 고려하지 못했다. 스피넬은 솔직히 눈앞의 상급 정령이 부끄러웠다.

"저 자식이 전하를 먼저 모욕했습니다!"

"…나를 모욕해?"

스피넬이 수하가 지목하는 템페스타를 향해 몸을 돌려세웠다.

"네, 저보고 재수 없는 게 전하와 똑같다고 했습니다."

마치 부모에게 일러바치듯 녀석이 득달같이 덧붙였다.

"…그것참 상당히 모욕적인 발언이네."

스피넬의 붉디붉은 머리칼이 흡사 살아 있는 것처럼 꿈틀거렸다. 그와 동시에 실내 온도가 삽시간에 상승했다. 더운 여름, 뜨거운 뙤약볕 아래에 선 듯 온몸에서 땀이 날 정도였다.

"내 어디가 이 녀석과 똑같다는 거야? 난 이렇게 생각 없이 군 적이 없는데!"

"…뭐지, 이 참신한 반응은?"

"난 항상 품위와 예의를 지켜 왔어! 너희와는 다르게 말이야!"

"오호! 그러니까 너도 네 수하가 쪽팔린다는 거구나?"

"푸흡! 푸하하하!"

템페스타의 말에 이어 이노센트가 박장대소를 터뜨렸다.

평소 도도하게 굴던 스피넬이, 자기가 만든 수하의 모자람을 순순히 인정하는 꼴이 너무 우스웠다. 제 잘난 맛에 사는 그녀의 속이 현재 어떨지 자세히 들여다보고 싶었다.

토파즈의 목소리가 마음에 안 든다며 태어나자마자 입을 다물라고 했던 저 자신은 기억에서 지운 게 분명했다.

"스피넬, 그게 무슨 말이야? 귀엽기만 한데."

이노센트의 웃음에 스피넬이 수치심을 느끼기도 전이었다. 일라이가 그녀에게 성큼 다가가 불의 정령을 칭찬했다.

"생긴 것도 마음에 들지만, 성격은 더 좋아! 정령왕한테도 막 대드는 이 배포! 딱 내 취향이라고!"

"…진심이십니까?"

"어! 그렇다니까!"

녀석이 이노센트에게 얌전히 굴었다면 일라이는 오히려 실망했을지도 모른다. 그는 앞으로의 활약이 더욱 기대된다면서 스피넬의 귀에 딱지가 앉도록 열변을 토했다.

"아, 그래서 내가 이 녀석 이름을 한번 생각해 봤거든?"

그러던 차였다. 일라이가 불현듯 바율을 보았다.

"알레그로, 어때?"

정령에게 이름을 부여하는 건 바율이나 정령왕의 권한이었다. 그걸 알기에 녀석이 조심스레 묻는 것이다.

"명랑하고 활발하다는 뜻인데. 잘 어울리지 않아?"

"저는 괜찮은 것 같습니다만……."

스피넬의 새빨간 눈동자가 바율에게로 향했다. 의중을 궁금해하는 그 시선에 바율은 미소를 지으며 고개를 끄덕였다.

레드 드래곤인 일라이를 꼭 빼닮은 녀석이었다. 그러니만큼 그 이름을 일라이가 직접 지어 주는 것 역시 나름의 의미가 있으리라.

"알레그로, 이제부터 네 이름이다."

스피넬의 선언과도 같은 말에 알레그로가 긴 꼬리로 바닥을 탁탁 쳤다. 좋다는 건지 싫다는 건지 가늠이 안 되는 행동이었지만, 일라이는 신경 쓰지 않는 눈치였다.

기실 레드 드래곤을 한 번도 본 적 없는 일라이에겐 알레그로가 꼭 동족처럼 느껴졌다. 그래서인지 녀석이 무슨 짓을 해도 마냥 귀엽게만 보였다.

"……!"

바율이 무언가를 느낀 것은 일라이가 알레그로의 재롱에

푹 빠져 있을 무렵이었다.

갑자기 섬뜩한 기분과 함께 등골을 타고 오싹한 전율이 흘렀다. 대기에도 미묘한 변화가 일어나고 있었다.

"왜 그래, 바율?"

"쉿."

바율의 변화를 기민하게 알아차린 퀸이 그에게 물었지만, 바율은 답할 여유가 없었다. 별안간 데스와 라예가르가 자리를 비웠다는 사실이 머릿속을 스쳤다.

"바율!"

"바율 님."

정령왕이 된 이노센트와 스피넬도 이내 이상함을 감지한 듯 바율을 부르며 오두막 바깥을 응시했다.

"뭐야?"

"몬스터라도 나타난 거야?"

"내가 정리 좀 해 줘?"

뭐가 되었든 지금 일행이면 두려울 게 없었다. 그에 에이단이 우스갯소리를 내뱉을 때, 오두막의 문이 예고도 없이 열렸다.

타앙!

아니, 열린 게 아니었다. 어떠한 힘에 의해 그대로 떨어져 나가 바닥에 맥없이 널브러졌다.

꽉 차오른 달이 환하게 공터를 비추고 있었다.

그 덕에 어렵지 않게 상대를 알아보았다.

칠흑보다 까만 머리칼을 휘날리며 다가오는 사내. 그를 보곤 일라이가 나직하게 중얼거렸다.

"칼리오페……."

한 번도 본 적은 없지만, 틀림없이 그였다. 그가 제 무리를 이끌고 결국 일라이를 죽이러 찾아온 것이다.

Chapter 6.
전투

1.

"…저자가 칼리오페라고?"

방금까지 여유만만하던 에이단의 얼굴이 하얗게 질렸다.

잘은 모르지만, 놈은 엄청나게 강한 드래곤이라고 들었다. 로드인 라예가르조차 그를 상대하길 성가셔 하는 느낌이었다.

그런데 하물며 그는 혼자도 아니었다. 같은 드래곤일 게 분명해 보이는 이들이 무려 일곱이나 더 있었다. 그러니까, 적은 총 여덟이었다.

아직 성룡도 되지 못한 일라이 하나를 죽이려고 드래곤

이 이렇게나 몰려왔다는 것에 일행은 그저 아연할 따름이었다.

"잠깐. 그러면, 이사장님은 어딜 가신 거지? 아까 낮에 알레그리아의 손님과 함께 나가셨잖아."

"다른 용무를 보러 가신 건가?"

"그게 아니라면……."

"함정이겠지."

퀸이 싸늘하게 내뱉으며 가라앉은 눈빛으로 전방을 주시했다. 다음 말이 더 이어지지는 않았지만, 다들 작금의 사태가 어찌 된 건지 어렵지 않게 짐작할 수 있었다.

당당하다 못해 여유로운 저들의 걸음걸이는 오늘 라예가르가 이곳에 없음을 확신하고 있었다. 그 말인즉슨 알레그리아가 자신들을 속였다는 의미와도 일맥상통했다.

"역시 천족을 믿어선 안 되는 거였나."

"이사장님을 엄한 곳으로 유인하고 그 틈에 이리로 왔다, 이거지?"

일라이를 죽이려고.

"대체 왜 이렇게까지……."

드래곤들은 레드 일족의 광기를 경멸하는 동시에 한편으로는 그 압도적인 힘을 탐하고 두려워했다. 그 이중적이고 추악한 민낯에 대해선 친구들도 이미 아는 사실이었다.

하지만 여전히 그 심정을 이해할 수는 없었다.

고작 그런 이유로 아무 잘못도 없는, 이제 겨우 헤츨링에 불과한 일라이를 죽이겠다니. 심지어 그 하나를 없애고자 다 큰 어른들이 이토록 애를 쓰고 있었다. 참으로 역겹기 그지없었다.

"그게 궁금한가?"

천천히 걸어오던 칼리오페가 문득 멈춰 섰다. 그와 친구들 간의 거리는 대략 십여 미터 정도. 한데 바로 코앞에 있는 것처럼 묵직한 음성이 일행의 고막을 파고들었다.

요요하게 빛나는 그의 검은 눈동자가 일라이를 곧이 응시했다.

"레드 일족의 피에는 저주가 흐르거든. 킬리안."

그가 어울리지 않게 나긋한 어조로 일라이의 이름을 불렀다.

"너를 비롯한 레드 일족은 전부 우리 드래곤들의 수치란다. 진즉에 사라졌어야 할, 쓸모라곤 찾아보려야 찾을 수가 없는 것들이지."

부드럽게 휘는 눈꼬리와 별개로, 그의 입에선 잔인한 언사가 서슴없이 흘러나왔다.

그 말 같지도 않은 소리에 행여 일라이가 상처라도 받을까 친구들이 걱정하는 순간이었다.

"그것참 웃기지도 않네."

녀석이 한 발짝 앞으로 나서며 빈정거렸다.

"그래서 내 어머니를 죽였나? 드래곤이 생애 가장 약해지는 시기가 알을 갓 낳았을 때라지. 마침 내 친부도 자리를 비웠겠다, 있지도 않은 용기가 어디서 갑자기 샘솟기라도 했던 모양이야?"

일라이는 일전의 사건 이후로 제 친모인 뮈사르가 어떻게 죽임을 당했는지 라예가르에게 전해 들었다. 한데 이제보니 제 양부가 모든 걸 얘기해 주지는 않은 듯했다.

"당시에 라노스를 불러낸 것도 당신 짓이지?"

"호오, 붉은 대가리치고는 머리가 제법 돌아가는구나."

"지금 이 상황을 겪어 보니까 그랬을 것 같아. 어머니는 날 낳고 기력이 쇠해졌을 거고, 아버지도 그걸 알았을 게 분명한데 왜 하필 그때 자리를 비웠을까. 내내 그게 의문스러웠거든."

원망을 하면서도 그 점이 묘하게 마음에 걸렸었는데, 비로소 해갈이 되었다.

광룡 라노스.

미친 드래곤 라노스.

인간사에선 그리 알려진 제 친부이거늘, 실상은 막 성룡이 되었던 순진하고 어리숙한 드래곤에 불과했다.

"오죽 무서웠으면 그랬을까."

일라이가 돌연 피식 웃음을 터뜨리자 칼리오페의 눈매가 가늘어졌다.

"그때나 지금이나 상대하기 자신 없는 이는 일단 빼돌리고 시작하는 더러운 수작이 어쩜 이렇게 한결같은지 모르겠네. 어이, 깜장 씨. 나 하나 없애겠다고 굳이 이런 수고까지 할 필요가 있었을까?"

그래도 천족과 결탁해서 판을 짰다는 건 꽤 칭찬해 주고 싶었다. 물론 그게 다였다.

"하긴, 우리 아빠가 좀 과하게 강하긴 해. 나를 제외하면 현 드래곤 사회에서 유일하게 부모가 둘인 몸이잖아. 당연히 그를 꾀어내지 않고는 감히 날 만나러 올 엄두도 안 났겠지. 그 마음 충분히 이해해."

"허, 참."

이건 칼리오페가 예상하지 못한 전개였다. 저를 지켜 줄 양부가 없으니 당연히 두려움에 덜덜 떨 거라고 생각했거늘, 공포는커녕 자신을 도발하기에 여념이 없었다.

레드 일족의 광기가 겁을 상실케도 하는 것인가?

다소 황당하긴 했지만, 그래 봤자 아직 헤츨링일 뿐. 고룡인 그에게 덤빌 수준은 아니었다.

"과연 저주받은 핏줄의 후손답군. 이리도 제 어미와 똑같이 나올 줄은 몰랐어. 그녀도 목숨이 끊어지는 순간까지 도도하게 굴었었지. 살려 달라는 말조차 하지 않고 말이야. 끝까지 날 죽이고 말겠다는 양 살벌한 눈빛으로 노려보는데, 정작 몸은 피투성이가 된 채로 그러고 있으려니 보는 입장에선 얼마나 우습던지."

이번에는 효과가 조금 있었다. 어머니의 죽음을 직설적으로 언급하자 일라이의 몸이 움찔한 것이다.

그에 만족한 듯 칼리오페가 그윽하게 속삭였다.

"뮈사르의 마지막 말이 뭐였는지 알아?"

"……."

"너. 제 새끼만은 제발 살려 달라더군. 그렇게 꼿꼿하던 네 어미가 막판에 숨을 거두기 전, 네놈 때문에 애걸복걸했단 소리야."

"…그래서 그 부탁은 들어줬고?"

"그러지 않았으면 네가 지금 이렇게 내게 질문을 하지도 못했겠지."

마치 자신이 너른 아량을 베풀어서 그리된 거라는 듯 칼리오페가 거들먹거렸다.

"까고 있네. 내 양부가 들이닥치자마자 꽁지 빠지게 달아난 거 이미 파다하게 소문났는데 어디서 되지도 않는 포장이야?"

일라이의 전신에서 강포한 마나의 흐름이 느껴졌다. 이 제껏 겨우 진정하고 있던 분노와 살심이 더는 견디지 못하고 용솟음치는 것이었다.

"오늘 내가 보여 줄게. 네놈들이 말하는 그 저주받은 피의 힘을 말이야."

대기가 일라이를 중심으로 요동쳤다. 녀석의 붉은 머리칼과 옷자락이 바람에 펄럭였다.

"자꾸 잊는 모양인데, 레드와 레드 사이에서 태어난 게 바로 나야. 이런 경우는 드래곤 역사상 최초라면서?"

"…네 부모가 아주 처리하기 곤란한 쓰레기를 만들고 갔지."

칼리오페를 비롯한 드래곤들의 면상에 혐오의 빛이 스치고 지나갔다.

"대단하신 드래곤께서 그 쓰레기에게 당하면 아주 볼만하겠어."

알레그로에게 잠시 정신이 팔려 칼리오페의 존재에 대해 깜박 잊고 있었다. 한데 놈이 손수 제 발로 저를 찾아왔다. 그 사실에 일라이는 두려움은커녕 어떤 희열마저 느끼고 있었다.

라예가르는 안 된다고 단언했지만, 일라이는 해볼 만 하다고 여겼다.

꼭 제 손으로, 억울하게 죽임을 당한 어머니의 복수를 직접 하고 말 것이다.

"당신과 나, 일대일 어때?"

"뭐?"

칼리오페가 순간 인상을 찌푸리는가 싶더니 이내 냉연한 미소를 삼켰다. 일라이의 당돌함에 그의 인내심도 서서히 바닥을 보였다.

고룡인 그가 겨우 헤츨링 하나를 직접 상대하는 건 꽤 모양이 빠지는 짓이었다. 기실 수하들을 데려온 것도 녀석의 처리를 맡기기 위해서였다.

그러나 마지막 남은 레드 일족의 목숨을 제 손으로 거두는 것도 나름의 재미는 있을 듯했다.

녀석을 해치운 이후의 목표는 라예가르였다. 그가 아무리 강한들 합을 맞춘 여럿이 덤비면 별수 없으리라. 게다가 자신에겐 천족이란 묘수도 있지 않던가.

"그래, 좋다. 오늘이 숨이 붙어 있을 마지막 날일 테니 마음껏 재주를 부려 보도록."

칼리오페가 눈짓하자 그의 수하들이 저만치 뒤로 물러났다. 그가 일라이에게 다가오라는 모양새로 턱을 까딱였다.

"라이!"

주저 않고 나서려는 일라이의 손목을 퀸이 재빨리 붙들

었다.

상대는 드래곤이다. 심지어 일전에 보았던 그저 그런 드래곤이 아니라, 나이를 지긋하게 먹은 고룡이었다.

전투에선 가진바 능력만큼, 혹은 그 이상으로 경험이 중요하다. 노련한 능구렁이 같은 놈을 아직 새파란 헤츨링인 녀석이 제대로 상대할 수 있을 리 없었다.

"그러지 말고 우리가 힘을 합치면……."

"아니. 이건 내 싸움이야."

일라이가 말이 채 끝나기도 전 단칼에 거절했다.

친구들이 무엇을 염려하는지 알고 있다. 하지만 누누이 말했듯 어머니에 대한 복수만은 직접 하고 싶었다. 그게 얼굴도 본 적 없지만, 자신을 끝까지 지키고자 했던 어머니에게 할 수 있는 최소한의 도리라고 생각했다.

"그러니 끼어들지 말아 줘. 부탁할게."

"그럼 너도 하나만 약속해."

로건이 일라이에게 종용했다.

"네가 불리하다 싶으면 언제든 뒤로 빠지겠다고."

"글쎄. 장담은 못 하겠지만, 최대한 노력해 볼게."

"태양의 심장을 얻었다고 너무 자신하는 거 아니니? 그런 마음은 외려 네게 독이 될 수 있다는 거 명심해."

"라나사, 나도 놈이 강하다는 건 알아. 자신하는 것도 아니고. 하지만 행여 지더라도 이건 반드시 내가 해야만 하는 일이야. 내 부모의 원수니까.”

“라이…… 정말 괜찮겠어?”

불안하게 묻는 에이단을 향해 일라이는 부러 눈을 찡긋했다.

“놀라지나 마셔.”

아무 말 없는 건 바율이 유일했다. 스피넬마저 일라이를 걱정하며 바라보는데, 그는 무슨 생각 중인지 조용했다. 일라이는 바율을 힐긋 쳐다본 뒤 터벅터벅 앞으로 걸어 나갔다.

“알아서 죽음의 길로 들어서다니, 고맙군.”

“그 말은 내가 해야 할 거 같은데.”

비릿하게 웃음을 머금던 일라이의 신형이 비호같이 튕겨 나갔다. 그런 녀석의 몸은 일순간에 화염으로 뒤덮였다.

“가소롭다 못해 귀엽구나.”

칼리오페는 뒷짐을 진 채 음산하게 웃었다. 뒷일은 생각 않고 무작정 자신에게로 달려드는 녀석은 참으로 용감무쌍했다.

퍼엉! 펑!

요란한 폭발음이 타락의 숲에 울려 퍼졌다. 이러다 기숙사에서 자고 있을 전교생을 깨우게 되는 건 아닐지, 친구들은 뒤늦게 더럭 겁이 났다.

"겨우 이 정도로 내게 덤빈 거냐?"

일라이의 불꽃은 그에게 아무런 해도 끼치지 못했다. 어디 한 군데 그슬린 흔적조차 없었다.

"설마. 당신 수준을 시험해 본 것뿐이야. 다행이네, 실망스러울 정도는 아니라."

"말발 하나는 인정해 주고 싶군."

지지 않고 대꾸하는 녀석에게 조소를 날린 칼리오페가 손을 한번 크게 휘저었다.

그러자 조금 전과는 비교도 할 수 없을 만큼 거대한 폭발이 일더니, 그대로 갈기갈기 찢어발길 듯 단숨에 일라이를 집어삼켰다.

"라이!"

친구들은 저들도 모르게 비명을 질렀다. 너무나 순식간에 벌어진 일이었다.

이게 고룡의 힘이란 말인가?

시야를 막았던 자욱한 연기가 사라지자 엉망이 된 공터와 함께 바닥에 힘없이 꿇어앉은 일라이의 모습이 눈에 들어왔다.

크게 눈에 띄는 상처는 없었지만, 옷가지가 찢어진 데다 입가에서도 피가 흐르고 있었다. 일라이가 입술을 너무 세게 깨문 탓이었지만, 그런 자세한 사정을 알 리 없는 친구들은 덜컹 가슴이 내려앉았다.

"실드 마법이 오늘처럼 허무하게 깨진 적은 없었는데."

본능적으로 발현했던 실드 마법이 버티질 못했다.

"제법이야, 할아범. 나이를 완전히 헛먹지는 않았나 봐?"

"그놈의 주둥이를 먼저 닫아야겠군."

칼리오페가 다시 한번 손을 내저었다.

파지직—

블랙 드래곤의 특기는 전격 마법이었다. 그의 손아귀에서 생성된 전류가 전광석화처럼 일라이에게 쏘아졌다.

콰쾅!

눈부신 섬광이 터졌다.

언제고 일라이가 위험해지면 튀어 나갈 준비를 하고 있던 바율과 친구들이었다. 한데 마치 그걸 알고 있다는 양 폭음 사이로 일라이의 외침이 들렸다.

"오지 마!"

제 싸움이라며 끝까지 고집을 부리는 녀석이 밉살스러웠지만, 그런 한편 멀쩡한 목소리를 들으니 안도가 되는 것도 사실이었다.

그러나 폭발이 가라앉고 난 자리, 거슬거슬하게 옷이 타들어 간 일라이를 본 순간 불안감이 다시금 일행을 잠식했다.

녀석은 평소보다 더욱 붉어진 눈으로 칼리오페를 노려보고 있었다.

솔직히 일라이는 놀란 기색을 티 내지 않으려 부단히 노력 중이었다. 놈은 그가 생각했던 것보다 훨씬 강했다. 뿐인가. 오래도록 살면서 쌓아 온 숱한 경험 또한 느껴졌다.

헤츨링과 고룡 사이의 간극. 그걸 어떡해서든 깨부숴야만 했다. 그래야 점점 들끓어 오르는 이 분노를 잠재울 수 있을 터였다. 상대적으로 부족한 능력은 몸으로 때우는 수밖에 없었다.

"어리석은 놈. 라예가르 그자가 대체 뭘 가르쳤는지 모르겠군."

그런 일라이의 결심을 알아차리기라도 한 듯 칼리오페가 혀를 차며 녀석을 조롱했다. 그는 당연하다면 당연하게도 로드에 대한 일말의 존경조차 표현하지 않았다. 외려 증오가 서려 있는 느낌이었다.

"놀이는 끝났다."

칼리오페가 양손을 펼치자 파지직 하는 소리와 함께 뇌전이 생겨났다.

"이제 그만 네 어미 곁으로 가거라. 오늘로써 레드 일족은 역사서에서나 볼 수 있게 될 것이다."

상상만으로도 고양감에 휩싸인 듯 그의 입가가 양쪽으로 훤하게 벌어졌다.

기실 그는 진즉에 정리해야 했을 일을 이제야 비로소 끝낼 수 있게 되었다는 기쁨에 짜릿한 전율마저 느끼고 있었다.

지긋지긋한 족속들.

칼리오페가 비소를 머금은 채 호기롭게 뇌전을 날렸다.

"……!"

그러나 기대했던 폭발은 일어나지 않았다.

혼신까지는 아니지만, 상당한 양의 마나가 소비된 공격이었다. 한데 흔적도 없이 소멸했다.

설마 뇌전을 무용화한 것인가?

그의 미간에 빗금이 그어지려는 찰나, 검붉은 그림자가 쏜살같이 앞으로 튀어나왔다. 그런 녀석의 온몸에선 여전히 불길이 넘실거리고 있었다.

그런데 무언가 그 느낌이 조금 전과 달랐다. 일라이의 번뜩이는 안광을 마주하자 칼리오페는 돌연 몸이 굳었다.

저 어린놈이 벌써부터……!

오래전, 라노스를 상대했을 때가 불현듯 떠올랐다.

저주의 피를 타고난 레드 일족. 놈들의 광기는 간혹 정신마저 꿰뚫고 들어와 상대를 혼란에 빠뜨리고는 했다. 자칫 잘못하면 그 기운에 휘말려 인생을 내려놓게 되는 경우도 왕왕 있었다.

통제만 잘한다면 큰 무기가 될 수도 있었을 것을 멍청한 레드 놈들은 제대로 이용조차 하지 못하고 사라져 갔다.

한데 그걸 아직 성룡도 되지 못한 한낱 헤츨링이 제어하고 있단 말인가?

일라이는 그저 본능대로 움직일 뿐이었으나, 가장 두려워하던 것을 의도치 않은 순간에 마주한 칼리오페는 진심으로 당황했다.

그건 일라이에겐 때아닌 기회였다.

쑤아아앙!

거대한 불꽃이 땅거죽을 헤집으며 날아와 그를 덮쳤다.

"흡!"

칼리오페는 다급히 숨을 몰아쉬곤 몸을 비틀었다.

쏴악!

그 덕에 불길이 아슬아슬하게 빗나갔다. 하나 완벽히 피한 건 아니었던지, 옆구리에 옅은 화상 자국이 만들어졌다.

"이익!"

그의 얼굴에서 웃음기가 사라졌다. 아무리 방심했다지만, 저 어린것에게 이런 수모를 입었다는 게 수치스러웠다.

"지금 표정, 꽤 볼만한데?"

일라이가 이기죽거릴 때였다. 단번에 거리를 좁히며 다가온 칼리오페가 녀석의 목을 우악스럽게 움켜잡았다.

"감히 내 몸에 상처를 내?"

그 움직임이 어찌나 빠른지, 누구도 그의 행동을 예측하지 못했다.

"이렇게 된 이상 절대 곱게 죽이지 않겠다!"

칼리오페가 일라이의 전신을 번쩍 들어 올렸다가 바닥에 사정없이 내리찍었다. 그 세기가 인근의 땅바닥이 쩍쩍 갈라질 정도로 어마어마했다.

마법이 아닌, 오로지 육신의 힘만을 이용해 벌인 일이었다. 이후 일라이는 참혹하리만치 일방적으로 당했다. 패인 지면에 박혀 버린 녀석의 목을 칼리오페가 사납게 짓이겼다.

눈 깜짝할 사이에 벌어진 상황에 친구들은 미처 비명조차 지르지 못했다. 그건 일라이도 마찬가지였다. 녀석에게선 어떤 통성도 새어 나오지 않았다.

화아아악!

그때, 별안간 붉은 빛무리가 일라이의 몸을 휘감았다.

"크하하하앙!"

그와 동시에 엄청난 열기를 뿜어내며 거대한 레드 드래곤 한 마리가 허공에 모습을 드러냈다.

"저, 저게 헤츨링이라고……?"

칼리오페와 함께 온 드래곤 중 하나가 기함하며 중얼거렸다. 이미 들어 어느 정도 짐작은 하고 있었지만, 그럼에도 그들의 생각보다 월등히 커다란 몸체였다.

일라이가 성룡이 될 걸 상상하자 절로 오금이 저렸다. 원로들이 왜 그토록 녀석을 없애려 혈안이었는지 새삼 이해가 되는 순간이었다. 과연 위협적이었다.

포효하는 일라이를 바라보는 칼리오페의 눈빛 역시 이전과는 비교할 수 없을 만큼 싸늘해졌다. 반드시 저놈을 죽여야만 한다는 본능 같은 게 한껏 용솟음쳤다.

쿠오오오!

그 변화를 알아차리기도 한 것인지, 칼리오페를 향해 불덩이가 미친 듯이 날아왔다.

본체로 현신했기 때문일까.

조금 전까지 내뿜던 불길과는 차원이 다른 온도였다. 나무와 바위, 땅. 불에 스친 모든 것이 증발하듯 그대로 녹아내렸다.

하지만 그 어디에도 칼리오페는 보이지 않았다.

어디 갔지?

잠시 일행이 당혹한 순간, 그가 재차 모습을 드러낸 곳은 일라이의 바로 앞이었다. 꽉 차오른 달을 배경으로 옷자락

을 휘날리며 공중에 서 있는 칼리오페는 퍽 여유로워 보였
다.

"라이!"

놈이 무슨 짓을 할지 몰라 친구들이 뒤늦은 비명을 지르
는 찰나였다.

칼리오페의 손아귀에서 자그마한 먹구름이 피어나는가
싶더니, 벼락 한 줄기가 뿜어져 나왔다. 구불구불한 그것은
일라이를 목표로 맹렬하게 전진했지만, 이미 그곳에 녀석
은 없었다.

어느새 칼리오페의 등 뒤로 이동한 일라이가 가슴을 크
게 부풀렸다. 드래곤이 가진 궁극의 무기, 브레스가 발현되
는 순간이었다.

쑤아아아!

엄청난 화염이 일대를 뒤덮었다. 스피넬이 일행을 보호
하지 않았다면 그들 역시 통구이가 되고도 남을 법한 상황
이었다.

타락의 숲이 불타올랐다.

그들 주변에는 이미 잿더미가 되어 형태를 알 수 없는 시
커먼 무언가만 가득했다. 오두막은 어디로 갔는지 흔적도
찾을 수 없었다. 일라이의 브레스 한 방에 푸르던 숲이 그
야말로 한순간에 폐허로 바뀌었다.

그러나 녀석은 그런 데는 관심도 없다는 양 뭔가를 찾기라도 하듯 커다란 동공만 소리 없이 굴렸다.

"날 찾느냐?"

순간 뒤쪽에서 들리는 음성에 일라이가 급히 돌아섰다. 칼리오페는 옷자락이 군데군데 그슬린 것 말고는 아무런 피해도 입지 않은 상태였다.

"재롱은 여기까지만이다."

노력은 퍽 가상하다만, 역시 놈은 어렸다. 그따위 브레스에 감히 자신이 어떻게 될 거라고 믿었다니. 정녕 순진하기 짝이 없었다.

우르릉! 콰쾅!

칼리오페의 전신에서 번개가 솟구쳤다.

드래곤은 브레스를 분출한 직후 가장 약해진다. 그래서 보통 최후의 수단이 아니라면 잘 사용하지 않았다.

칼리오페는 자신에게 찾아온 모처럼의 호기를 놓칠 생각이 없었다.

"가라!"

십여 줄기의 벼락이 일제히 일라이를 향해 쏘아져 나갔다. 일라이가 커다란 몸집을 비틀어 피하려 했으나, 속도에서 뒤처졌다.

콰지직. 콰지직.

번쩍이는 그물망이 일라이의 몸통을 머리에서부터 발끝까지 촘촘하게 덧씌웠다.

"훗, 드디어 잡았군."

칼리오페의 입술 끝이 득의로 실룩거렸다. 이제 남은 것은 일라이의 몸이 갈기갈기 찢어지는 일뿐이었다.

그는 분명히 그리 생각했다.

"…응?"

하지만 그것은 혼자만의 착각이었다. 일찍이 승리에 도취된 나머지 그는 일라이가 평범한 드래곤이 아니라는 사실을 간과했다.

녀석의 앞발에 달랑거리며 채워져 있던 태양의 심장에서 희멀건 빛이 새어 나왔다. 이어 지금까지와는 질이 다른 뜨거운 불기운이 일라이의 전신에서 뿜어져 나왔다. 그 힘은 육체를 죄고 있던 그물망마저 단숨에 녹여 냈다.

"이, 이게 무슨……!"

칼리오페의 눈동자가 사정없이 흔들렸다. 아무리 레드와 레드 사이에서 태어났다지만, 이건 거의 자신과 맞먹는 수준이었다.

진정 레드 일족의 힘이 이 정도란 말인가?

놀라움이 어렸다가 사라지고 난 자리, 그곳에 들어찬 건 전보다 더한 살심이었다.

녀석이 이대로 자라면 감히 누구도 견줄 수 없는 능력을 갖추게 되리라.

그것만은 막아야 했다.

후우우웅!

칼리오페가 기운을 일으키자 사위가 어둑해졌다. 먹구름이 삽시간에 하늘을 덮치며 이전과는 규모가 다른 번갯불이 여기저기서 번쩍거렸다.

흡사 밤하늘에 지진이라도 난 듯한 모양새였다. 그가 마침내 제 모든 힘을 끌어모아서라도 일라이의 숨통을 끊으려 마음먹은 것이다. 바보가 아닌 이상 누군들 그 기세를 모를 수가 없었다.

"죽어라!"

칼리오페의 말이 끝나기가 무섭게, 날카로운 벼락이 소나기처럼 일라이에게로 돌진했다. 그에 지지 않겠다는 양 녀석 역시 불꽃으로 응수했다.

하나 이번만은 힘의 차이가 명백했다.

사그라지는 것들 사이로 화염을 뚫고 벼락이 내리꽂혔다. 찌릿찌릿한 전류가 몸에 흐르자 일라이가 괴성을 지르며 몸부림쳤다. 그러다 결국 날개가 꺾인 녀석이 지면으로 처박혔다.

쿠웅!

거대한 몸체가 부들부들 떨리고 있었다. 그 옆으로 칼리오페가 가볍게 내려앉았다. 그것이 마치 마지막 의식을 거행하듯 일순 경건해 보이기까지 했다.

"죽여 버리겠어."

고요하게 침전된 목소리로 바율이 뇌까렸다. 고통에 울부짖는 녀석을 보자 들불 같은 분노가 그의 정신을 휘감았다. 직접 복수할 기회를 주기 위해서라도 여태 참아 왔으나, 이제 더 이상은 두고 볼 수 없었다. 괴로워하는 친구를 보느니 나중에 원망을 듣는 편이 훨씬 나았다.

"네 양부도 곧 너를 따라갈 테니 너무 억울해하지는 말려무나."

상황과 대조적으로 칼리오페의 마지막 인사는 퍽 다정했다. 그가 한 손을 머리 위로 쳐들자 까만 밤하늘에 재차 번개가 번쩍였다.

휘익―

바율 곁을 무언가 스쳐 지나간 것은 그때였다. 뜻밖에도 익숙한 체취였다.

"……!"

네 가지 빛으로 요동치던 바율의 눈동자에 일순 반가움이 스몄다.

까앙!

칼리오페의 마지막 일격이 일라이의 드래곤 하트를 막 깨부수려는 순간, 이질적인 소음이 장내에 울려 퍼졌다.

장애물에 부딪힌 번갯불이 미처 제 역할을 마치지 못한 채 사방으로 흩날렸다.

밤하늘에 가득하던 먹구름이 걷히고, 달빛이 다시금 공터를 비추었다.

"누구냐!"

칼리오페의 일갈에 한 사내가 검을 내리며 천천히 고개를 들었다.

은빛 머리칼을 휘날리며 만월 아래 온전한 모습을 드러낸 이는 다름 아닌 란데르트 공작이었다. 그가 이제껏 누구에게도 보여 준 적 없는 무시무시한 기운을 내뿜으며 일라이의 앞을 막아섰다.

Chapter 7.
달의 일족

1.

"…인간?"

칼리오페의 반듯한 미간에 균열이 어렸다.

제 눈으로 보고도 믿을 수가 없었다.

거대한 레드 드래곤의 곁을 마치 보호하듯 서 있는 사내. 분명 늘 하찮게 여기던 인간이란 존재이거늘, 그에게서 태산을 압도하고도 남을 만한 엄청난 기세가 느껴졌다.

일라이의 몸체에 비하면 작디작은 몸뚱이건만, 칼리오페는 돌연 목덜미가 서늘해졌다.

이와 같은 감정은 정녕 오랜만이었다. 놈과 시선을 마주하자 제 심장 박동 수가 가파르게 상승했다. 인간 따위에게 이런 반응을 보였다는 것이 수치스러울 정도였다.

한데 그 와중에 더욱 기가 막힌 건, 상대가 아무렇지도 않게 그에게서 눈길을 거두었다는 점이었다.

"라이, 괜찮으냐?"

감히 드래곤인 자신을 앞에 둔 채 놈은 태연자약하게 제 뒤의 일라이부터 챙겼다. 그 사실에 칼리오페는 일순 말문이 막혔다.

"…오셨어요."

일라이는 어느새 인간형으로 돌아와 있었다. 그런 녀석의 몰골은 말이 아니었다. 일어서지도 못한 상태로, 겨우 입만 벙긋거리는 녀석을 란데르트 공작이 무거운 눈빛으로 내려다보았다.

"라이!"

"아버지!"

바율과 친구들은 누가 먼저랄 것 없이 란데르트 공작과 일라이에게로 뛰어갔다. 칼리오페와 그의 수하들이 여전히 버티고 있었지만, 공작이 나타나자 그들로 인한 불안감은 거짓말처럼 사라졌다.

"여긴 어떻게 알고 오셨어요! 설마 서찰을 보시고 오신 거예요?"

"그래, 네가 천족에 관해 적어 두지 않았느냐. 하니 가만히 있을 수가 있어야지. 급한 일만 처리하고 온다는 게, 이제야 겨우 도착했다. 한데 시기를 잘 맞춘 것 같구나."

기쁨의 신이 인간으로 위장해 아카데미에 입학했다는 소식을 접했을 때, 란데르트 공작은 피가 거꾸로 솟는 듯한 느낌을 맛보아야만 했다.

아무리 상대의 태도가 호의적이라 할지라도 쉬이 믿어서는 안 되었다. 방심은 금물이니까.

그는 이미 전장에서 숱한 음모와 배신을 목격하고, 경험했다. 천족이라고 그러지 말란 보장은 어디에도 없었다. 게다가 이미 한 차례 악질적인 모습을 보이기도 했기에 더욱 조심스러웠다.

"일단 녀석을 치료하거라. 난 저자를 치워야겠다."

드래곤을 가리켜 서슴없이 '저자'라 칭하며 물건 취급하듯 말하는 공작의 모습은 확실히 어딘지 모르게 평소와 달랐다.

화가 단단히 나셨구나.

저를 안심시키기 위해서인지 침착한 모습을 고수하려 애쓰고 계셨지만, 아들인 바율은 알 수 있었다. 아버지는 지금 그 어느 때보다 분노하신 상태였다.

강자가 약자를 핍박하는 것을 세상에서 가장 싫어하시는 분이었다. 하물며 다 큰 어른이 아직 헤츨링일 뿐인 일라이를 참혹하게 죽이려 하였다.

바율은 문득 오늘이야말로 전장에서 날리시던 아버지의 진면목을 볼지도 모르겠단 생각이 들었다.

"바세리스 혼 란데르트."

란데르트 공작이 제 이름을 입에 담으며 밤하늘을 향해 서서히 몸을 돌렸다. 그에 허공에 떠 있던 칼리오페가 인상을 그득 찌푸렸다. 다짜고짜 무슨 말인지 이해를 하지 못한 까닭이었다.

"누구냐고 물었던 것 같은데. 그새 잊은 건가?"

"…하하하!"

한 박자 늦은 기괴한 웃음소리가 음습하게 대기를 갈랐다. 하도 어이가 없다 보니 그도 모르게 절로 터져 나온 소리였다.

"참으로 시건방진 인간이로구나. 여기까지 이리 온 걸 보면 내가 누군지 모르지 않을 터인데, 그 같잖은 힘 하나를 믿고 이리 나대다니. 혹 미친 것이냐?"

"이런, 내 대답을 오해한 것 같군."

"……?"

"최소한 자기 목숨을 거둬 갈 자가 누군지는 알아야 덜 억울할 테니까. 죽기 직전의 상대에 대한 마지막 배려였을 뿐, 다른 뜻은 없었다."

란데르트 공작은 의아하리만치 담담하게 대꾸했다. 그는 고룡을 눈앞에 두고서도 긴장한 기색이라고는 찾아보려야 찾아볼 수 없었다.

스스로와 상대의 능력을 객관적으로 평가했기에 나온 반응이었지만, 칼리오페에겐 그러한 태도 역시 도발로만 느껴졌다.

"뭐라? 방금 그 발언은 설마 인간인 네놈이 감히 이 나를 상대로 이길 수 있다, 그런 말인가?"

"알아들은 것을 재차 묻는 이유를 모르겠군. 머리가 좋지 않은 건가."

"허…… 기가 차서 재차 확인한 것이다. 그 밑에서 나를 올려다볼 만큼 보잘것없는 주제에 아주 입만 살았구나. 망상도 지나치면 병이라고 하던……!"

칼리오페는 말을 하다 말고 숨을 훅 들이마셨다. 아닌 게 아니라 공작이 마치 계단을 밟듯 허공을 디뎌 올라오고 있었기 때문이다.

그 일련의 동작들이 어찌나 자연스러운지, 눈에 보이지 않는 어떤 장치가 설치된 건 아닐까 하는 의혹마저 일었다.

"이리 눈을 맞추면 이제 동등한 존재가 되는 것인가?"

마주 보는 눈빛이 수평으로 맞물렸다. 설마 공작이 허공을 길 삼아 걸어오리라고는 상상조차 하지 못했던 칼리오페는 놀란 눈만 깜박였다.

"대애박."

"하늘을 걸어 오르셨어……."

"맞아…… 심지어 뛰어오르신 것도 아니고, 마치 산책이라도 하듯 걸으셨다고!"

뿐이랴.

마법사도 아닌 그가 칼리오페와 대등하게 나란히 공중에 서 있었다.

기사학부생인 에이단과 로건, 라나사는 저들끼리 아주 난리가 났다. 이런 건 들은 적도 본 적도 없었다.

마에스터의 경지에 오르면 누구나 할 수 있는 걸까?

정녕 그런 날이 자신들에게도 오긴 할까?

란데르트 공작을 향한 녀석들의 얼굴엔 존경심과 선망이 한데 어우러져 이채를 발하고 있었다.

'아버지…….'

바욜 역시 놀라긴 매한가지였다. 산사태를 검 한 자루로 막아 내는 모습을 보긴 했다만, 조금 전 같은 경우는 또 달랐다.

새삼 다시 한번 아버지가 멋지시다는 생각이 들었다.

"이왕 올라온 김에 한마디만 더 하지."

란데르트 공작의 푸른 눈에 한기가 들어찼다.

"내게 자비를 기대하지 마라. 죄 없는 아이에게 손을 대는 어른은 숨 쉴 자격조차 없다고 여기거든. 그저 이 세상에 해가 될 뿐이지."

반드시 목숨을 끊어 놓겠다는 선전 포고나 다름없는 말이었다.

"이것으로 지상 최강의 종족이라는 드래곤과도 싸워 보게 되었군."

공작의 입꼬리가 말려 올라갔다. 하나 입 모양과 달리 그의 눈은 전연 웃고 있지 않았다. 그 묘한 부조화가 섬뜩한 분위기를 자아냈다.

"부디 날 실망시키지 않길."

그것이 신호였다.

은은하게 빛나며 란데르트의 공작의 손아귀에 들려 있던 검이 돌연 예기를 드러내더니, 그대로 칼리오페를 향해 뻗어 나갔다.

단순한 동작이었지만, 그 안에 실린 힘은 실로 막강했다.

콰앙!

칼리오페는 황급히 정신을 차리고 자리를 벗어나려 했으나, 한발 늦었다. 덕분에 그의 신형이 균형을 잃고 휘청거렸다.

콰쾅!

공작의 검이 또 한 번 궤적을 그리자 칼리오페는 더 이상 공중에 떠 있을 수가 없었다. 대기의 요동으로 인해 이러다간 그 또한 일라이처럼 곤두박질을 칠 것만 같았다.

하지만 그냥 물러서자니 그의 자존심이 허락하지 않았다.

"자비를 바라야 할 건 내가 아니라 네놈이다!"

칼리오페가 일갈하며 손을 휘저었다. 그러자 한 줄기 벼락이 빛살처럼 공작에게로 쏘아졌다.

파지직— 쾅!

란데르트 공작은 자신을 향해 날아오는 번개를 정확히 반으로 쪼개었다. 애초의 목적지를 잃고 분리된 그것은 그대로 공기 중에 분해되어 사라졌다.

"설마 이게 끝은 아니겠지?"

실망한 듯한 공작의 물음에 칼리오페는 이성을 잃기 직전이었다. 하찮은 인간에게 놀아난다는 자괴감이 스멀스멀 그를 엄습했다.

"칼리오페 님, 제가 나서겠습니다!"

"저에게 맡겨 주십시오!"

여태 얌전히 뒤로 물러나 있던 그의 수하들이 서로 대신 싸우겠다고 아우성친 것은 그때였다. 붉으락푸르락하는 표정들이 어지간히도 자존심에 생채기가 난 듯했다.

"조용!"

칼리오페는 짜증스레 외쳤다.

"용한 재주를 가졌으나, 그래봤자 한낱 인간이다! 겨우 저 정도에 드래곤이 여럿 나서 봐야 체면만 상할 뿐. 하니 너희들은 그냥 지켜보거라!"

그는 자세를 고쳐 잡았다.

"바세리스라고 하였던가?"

칼리오페의 까만 눈동자가 더욱 스산하게 빛났다.

"난 블랙 드래곤 칼리오페다. 누구의 손에 죽는지는 알아야지."

란데르트 공작의 말을 고대로 따라 한 그가 다시금 움직였다.

뇌전으로 기절을 시킨 후에 전신을 토막 내어 짐승들의 먹잇감으로 던져 줄 작정이었다. 제 아들이 보는 앞에서 산산조각 나는 꼴이었다.

원래 그리 잔인하게 해치울 의도는 없었으나, 감히 상대를 몰라보고 까분 대가였다.

파핫!

칼리오페가 희미한 잔상을 남긴 채 종적을 감췄다. 모습을 숨기는 투명화 마법과 짧은 거리 내 공간을 이동할 수 있는 블링크 마법을 함께 시전한 것이었다.

이어 곧바로 번개가 란데르트 공작의 머리를 겨냥하며 내리꽂혔다.

쐐애액!

공작은 피하는 대신 검을 휘둘러 그것을 튕겨 냈다. 그런 후 비호같이 도약해 아무것도 없는 빈 공간에 주저 없이 검을 내리그었다.

서걱!

그러자 무언가가 베어지는 것 같은 소리가 바율과 친구들에게까지 들려왔다. 붉은 핏물 역시 함께 튀었다.

신음 하나 들리지 않았지만, 일행은 알 수 있었다. 칼리오페가 란데르트 공작의 검을 피하지 못했음을.

이후로도 그는 틈을 주지 않았다. 공작의 검이 계속해서 허공의 어딘가를 집중적으로 공략했다.

카캉! 캉! 카카캉!

격한 금속음이 연이어 울려 퍼졌다. 바율과 친구들은 숨 쉬는 것조차 잊은 채 그런 공작의 모습을 눈에 담았다.

란데르트 공작의 검에서 언뜻언뜻 아지랑이 같은 게 비쳤다. 그것이 오러임을 누가 알려 주지 않아도 모두 알 수 있었다.

'아버지의 오러는 달빛처럼 빛나는구나.'

바율이 막 그런 생각을 할 때쯤이었다.

파장창창창!

무언가 깨지는 소리와 함께 얼굴이 잔뜩 일그러진 칼리오페가 결국 모습을 드러냈다.

"죽여 버리겠어!"

그는 다시 나타나자마자 괴성을 내질렀다. 벌레만도 못하다 여기던 인간에게 이런 수모를 겪고 있다는 사실을 도무지 받아들일 수가 없었다.

파지지직!

격분에 찬 칼리오페의 주변으로 또다시 번개가 휘몰아쳤다. 그는 란데르트 공작을 향해 그것을 망설임 없이 무차별적으로 쏟아 냈다.

수십, 수백 개의 번갯불이 아버지에게로 향하자 바율은 심장이 덜컹하는 듯했다.

상대가 아무리 드래곤일지언정 아버지의 패배는 상상도 해 본 적 없었다. 그러나 순간 혹여라도 아버지가 다치시면 어쩌지 하는 걱정이 어쩔 수 없이 그를 사로잡았다.

그때였다.

일부러 시간을 맞추기라도 한 듯 환한 달빛이 공작을 비추었다.

"어?"

"뭐지……?"

그리고 친구들은 보았다. 란데르트 공작의 전신에서 은은한 빛이 새어 나오는 것을. 태양처럼 밝지는 않으나, 그보다 고귀하고 영롱하며 수려한 빛깔이었다.

무어라 형용할 수 없는 기운이 그 빛에서부터 흘러나왔다.

탕! 탕! 탕!

그 무형의 빛에 칼리오페의 뇌전이 닿자 어울리지 않는 경쾌한 타성이 밤하늘을 수놓았다.

칼리오페는 자신의 전격 마법이 힘을 잃고 맥없이 스러져 가는 것을 보며 다시금 얼빠진 표정을 지을 수밖에 없었다.

이자가 진정 인간이 맞긴 하단 말인가?

단 한 번도 상대에게 타격을 입히지 못했다. 여태 저만이 아등바등 구차하게 굴었다.

새삼 그 사실을 자각하자 칼리오페는 아연했다.

무저갱을 품은 듯한 공작의 서늘한 눈과 대면한 순간, 그는 생애 처음으로 무력감과 공포감을 여실히 느껴야만 했다.

드래곤의 힘이 겨우 이 정도였나?

란데르트 공작은 애초에 자신이 질 거란 생각은 하지 않았다. 하나 이토록 간단하고 쉽게 끝날 거라 믿지도 않았다.

십년전쟁이 끝난 후로도 수련을 게을리하지 않은 그는 당시보다도 훨씬 강해진 상태였다.

거기에 라예가르에 의해 본인이 달의 일족이란 것을 알게 된 다음부터 낮에 하던 훈련을 밤으로 옮겨 수련의 효율도 부쩍 높아졌다.

하지만 아무리 그렇다 해도, 이건 실망스럽기 그지없는 결과였다.

공작은 저를 보고 겁을 집어먹은 한심한 드래곤을 향해 더는 머뭇거리지 않고 검을 휘둘렀다.

쇄애액!

"흡!"

검이 지척으로 날아오자 칼리오페는 뒤늦게 정신을 차리며 재빨리 몸을 뒤로 눕듯 젖혔다. 덕분에 아슬아슬하게 검날이 스쳐 지나갔다.

아니, 스쳐 지나가는 줄 알았다.

"하앗!"

돌연 기합성이 들리더니, 달의 정기를 받은 란데르트 공작의 검이 기이한 각도로 꺾였다. 검신에 흐르던 은은한 오러가 갑자기 쭉 길어진 것도 그때였다.

사아아악!

"크악!"

결국 칼리오페의 가슴에 커다란 상처가 생기고야 말았다. 이전의 생채기들과는 비교할 수 없는 크기였다.

피가 분수처럼 솟구쳤다. 그 와중에도 그는 뒤로 주르륵 밀려나고 있었다.

"칼리오페 님!"

"저희가……."

"닥쳐라!"

분노가 극에 달했다. 그의 검은 눈동자에 어느덧 핏발이 섰다.

"너……!"

칼리오페가 부들부들 몸을 떨며 란데르트 공작을 노려보았다.

"내 오늘, 기필코 너를 죽일 것이다. 그런 다음 친히 네 놈의 영지를 찾아가 평생 그 무엇도 살아갈 수 없는 폐허로 만들겠다! 내 반드시 그리할 것이야!"

한껏 저주를 퍼붓던 칼리오페는 비릿한 미소를 머금음과 동시에 다시금 모습을 감추었다.

그리고 잠시 후, 쑥대밭이 된 타락의 숲 하늘에 블랙 드래곤 하나가 나타났다.

파지직. 파지직.

온몸에 전류를 내뿜은 채 본체로 현신한 칼리오페가 살

기 가득한 포효를 터트렸다.

쿠하아아앙!

"저자가 어떻게……!"

모두가 그 모습에 집중한 순간이었다. 놀란 표정을 숨기지 못한 채 일행에게로 다가온 이가 하나 있었다. 바로 알레그리아였다. 그녀는 자다 말고 온 듯 잠옷 바람이었다.

"너, 뭐야? 우리 아빠 어디에 빼돌렸어!"

이노센트의 도움으로 일라이는 부상을 금방 회복했다. 심각한 상황을 인지한 건지, 이노센트는 대상이 일라이임에도 평소와 달리 별다른 말 없이 바율의 부탁을 들어주었다.

일라이가 알레그리아의 멱살을 쥐고는 으르렁거렸다.

"어서 말 못 해? 우리 아빠 지금 어디 있냐고!"

"나는…… 당연히 저자와 함께 있을 줄 알았는데…… 이게 다 어떻게 된 거지? 왜 여기에…….”

"핫! 웃기지도 않아. 그러니까 아예 모른 척을 하시겠다? 왜, 우리가 저놈에게 다 죽을 줄 알았는데 생각처럼 안 되니까 작전을 바꿔야 하나 싶어?"

"그런 게 아니야. 나도 자다가 저자의 기운을 느끼고 놀라서 나와 본 거라고."

"아하! 이제서야 말이지? 그것참 말 되네, 엉?"

"라이, 진정해. 그리아의 말은 어느 정도 사실이야. 템페스타가 소리나 힘 같은 게 새어 나가는 걸 막고 있었어."

기실 바율 역시 이 상황에서 알레그리아의 편을 들고 싶지는 않았다. 하나 그래도 오해는 바로잡아야 했다.

"혹시 몰라 아까 녀석에게 부탁했었거든. 기숙사 쪽에 피해가 가지 않도록 전부 차단해 달라고."

"뭐? 근데도 저놈이 방금 뿌려 댄 힘은 막지 못했다는 거야?"

에이단의 물음에 바율은 고개를 작게 끄덕였다.

"아마도."

"학생 중 누구도 눈치채지 못했을 거야. 나도 간신히 알아차렸으니까."

"그래도 그렇지, 상급 정령의 힘을 뚫다니. 늙은 용 새끼가 마지막에 아주 제대로 발악하려는 모양이네."

일라이가 속이 쓰린 말투로 빈정거리자, 친구들은 녀석의 등을 토닥였다.

"라이, 이사장님 말씀이 맞았던 거야."

"너는 이제 고작 200살도 안 되었잖아. 드래곤 기준으로는 신생아급이라며."

"맞아. 그래도 그런 것치고는 아주 잘 싸웠어. 난 그렇게 센 신생아는 본 적이 없다고."

"…마지막은 내가 거두게 해 주신다고 그랬어."

"응?"

일라이의 나지막한 말에 친구들이 눈을 둥그렇게 떴다. 녀석은 답을 하는 대신 칼리오페와 겨루고 있는 란데르트 공작을 바라보았다.

공작이 제 앞에 나타난 순간, 일라이는 반가움보다도 다급한 마음이 먼저 들었다.

물론 자신을 지켜 주신 건 의심할 바 없이 감사한 일이었다. 하나 엄연히 따지자면 그는 칼리오페와 아무 관계가 없었다. 일라이로서는 제 부모의 복수를 타인의 손으로 끝내는 모습을 지켜만 보고 있을 수 없었다.

그래서 저도 모르게 말하였다. 원수의 마지막은 꼭 제 손으로 마무리할 수 있게 해 달라고.

둘밖에 들리지 않을 만큼 작은 속삭임이었으나, 공작은 그러겠노라 약조했다. 말 대신 긍정의 눈빛을 건넸을 뿐이지만, 그 흔들림 없는 시선에 일라이는 백 마디 말보다 강한 신뢰를 느꼈다.

"바율, 네 아버지에게 신세를 지네."

"라이, 그게 무슨 신세야. 그런 소리 하지 마."

바율이 서운하다는 양 받아치자 일라이의 얼굴에 잠깐이나마 미소가 스쳤다. 하지만 녀석은 순식간에 표정을 지우며 다시금 알레그리아의 멱살을 잡았다.

"때마침 기운이 좀 새어 나갔다고 해도 네가 수상한 건 마찬가지야. 이제 와서 시치미 떼지 마. 낮에 너와 네 수하가 이사장실에 간 거 다 아니까."

"시치미 뗄 일이 있어야 떼지. 맞아. 갔었어."

"무슨 일로 갔는데?"

"…저자가 있는 곳을 알아냈었거든."

알레그리아는 억울한 듯 말하고 있었지만, 그런 한편에는 여전히 혼란스러운 기색이 역력했다. 도무지 거짓이라고 믿기가 어려울 정도였다.

"만약 지금 말하는 게 전부 진실이라면 답은 하나뿐이네. 애초에 칼리오페가 이사장님을 유인한 거고, 아카데미가 비었을 때 라이를 죽이러 온 거야."

"뭐?"

라나사의 추리에 알레그리아가 머리칼을 넘기며 강하게 부인했다.

"그건 말도 안 돼! 저자가 숨어 있던 곳은 천족 중에서도 아주 소수만이 알고 있다고. 내가 그걸 알아내기 위해 얼마나 노력했는데……!"

"그럼 너 역시 이용당했다는 거군. 물론 라나사의 말대로, 네 말이 전부 사실이라는 가정하에."

퀸의 지적에 로건이 고개를 주억이며 동감을 표했다. 그도 막 그 말을 하려던 참이었다.

"…내가 이용을 당해?"

알레그리아는 조금 전 칼리오페를 마주했을 때보다 더욱 놀란 기색이었다.

"네 입지가 천계에서 어느 정도일진 우리도 모르지만, 어쨌든 결과적으로 너로 인해 이사장님이 자리를 비우셨어. 그리고 지금 이 사달이 났고."

"그러고 보니 칼리오페는 이사장님이 안 계실 거라는 걸 확신하고 온 눈치였어."

"그 수하라는 자는 믿을 만한가?"

알레그리아는 급기야 얼이 빠진 듯했다.

"야! 진짜 억울하면 제대로 대답해! 그래야 믿든가 말든 가 하지!"

일라이가 몸을 흔들자 그제야 그녀의 두 눈에 초점이 돌아왔다.

"나, 나는…… 믿기지가 않아……. 어떻게 내게……!"

"어떻게 내게, 라. 너 역시 주신인 아버지를 배신하지 않았던가?"

퀸의 송곳과도 같은 날카로운 지적에 알레그리아는 말을 잇지 못했다.

"근데 그 반대의 경우는 생각하지 못했나 봐?"

그랬다.

아버지는 엘레오스의 비뚤어진 욕망을 제재하지 못하셨고, 결국 인간계까지 엉망으로 만드셨다. 세계를 지켜야 할 신으로서 그런 모습을 더 두고 볼 수 없었기에 그녀는 독하게 마음을 먹었다.

그래도 천계의 어떤 누구에게도 제 마음을 티 내지 않았다. 즉, 그녀의 변심을 알 만한 이는 없었다. 기껏해야 아버지의 처사에 불만이 있는 정도로만 여기는 게 전부일 것이다.

한데 대체 누가……?

"주신."

"……?"

"네 아버지라는 그 주신 말이야. 하필 많고 많은 수하 중에 왜 너에게만 오라비를 찾아오라 명했을까?"

"그야…… 내가 엘레오스를 잘 아니까……."

"아니."

퀸은 이제 거의 단정 짓고 있었다. 그의 촉은 스스로에게 네 생각이 옳다고 말하는 중이었다.

"넌 시험 당한 거야."

"시험…… 이라니?"

"자기 딸을 믿지 못했던 거지. 혹은 네가 인간계에 내려

갔을 때 무얼 탐구할지 궁금한 데서 비롯한 호기심이었을 수도 있고."

"어쩌면 다른 천족 중 누군가 너의 일거수일투족을 보고 했을지도 몰라."

알레그리아의 동공이 지진이라도 난 것처럼 흔들렸다. 우습게도, 정녕 멍청하게도 아버지가 저를 의심할 수 있을 거란 생각은 티끌조차 하지 못했다.

"우리의 가정이 사실이든 아니든, 그건 네 사정이야."

퀸은 차갑디차가운 어조로 내뱉었다.

"네가 정말 우리와 함께하고 싶다면, 믿을 수 있게 해. 네 뜻과 관계없이 이용당한 거라는 증명을 하라는 뜻이야."

"…그래, 알았어. 내 결백은 내가 밝혀야지."

구체적으로 뭘 어떻게 해야 할진 아직 떠오르는 게 없었다. 벌써 모든 걸 정리하기엔 머릿속이 엉망이었다.

하나 이대로 물러설 생각은 없었다. 마음 한편에 억울함이 깃든 것도 사실이지만, 어찌 되었든 이건 제 명예와도 상관있는 문제였다.

크아아아앙!

친구들이 알레그리아를 상대하는 동안 란데르트 공작과 칼리오페의 싸움은 거의 끝을 향하고 있었다.

쿠웅!

고통에 찬 비명을 내지르던 칼리오페가 기어이 바닥으로 추락했다. 그 바람에 수북하게 쌓여 있던 잿더미가 사방으로 흩날렸다.

　그의 목은 얼마나 깊게 베였는지 너덜너덜했고, 날개에는 여기저기 구멍이 나 있었다. 꼬리는 완전히 잘려서 저만치 떨어져 홀로 꿈틀거렸다.

　그야말로 안쓰럽기 짝이 없는 모습이었다. 물론 그렇다고 동정심이 든다는 뜻은 아니었다.

　"라이."

　란데르트 공작이 가쁜 숨을 몰아쉬며 일라이를 불렀다. 약속대로 직접 끝을 내라는 의미였다.

　"칼리오페 님!"

　명령 때문에 끼어들 수도 없어 안절부절못하던 드래곤들이 그때서야 공작을 향해 일제히 움직였다. 그들의 손과 발, 전신에선 온갖 종류의 마법이 준비 태세를 갖춰가고 있었다.

　"여기까지야."

　그 순간, 바율이 황급히 날아가 길목을 막아섰다.

　"이 이상 지나가는 건 내가 용납하지 않을 거거든."

　화라락!

　순식간에 그들 앞으로 불의 장벽이 생겨났다.

일라이의 마지막 의식이었다. 게다가 아버지 역시 많은 힘을 소모하셨을 게 뻔하다.

남은 드래곤은 일곱.

저들의 실력을 제대로 가늠할 순 없지만, 바율은 해볼 만하다고 생각했다. 이노센트와 스피넬이 정령왕이 되었으니 어쩌면 그리 어렵지 않을 수도 있었다.

"무슨 생각 하냐?"

"여기 너만 있는 거 아니거든?"

퀸과, 에이단, 그리고 로건과 라나사가 바율 곁에 와 섰다. 그들의 머리 위로는 이노센트와 스피넬이 있었다. 토파즈와 퓌르, 알레그로 역시 모습을 드러냈다.

템페스타는 기운이 더 새어 나가지 않게 하기 위해서인지 바쁘게 움직이는 중이었고, 셰임은 바율의 발밑 어딘가에서 분노하고 있었다.

그 감정의 대상은 드래곤들이었다.

타락의 숲을 엉망으로 만든 원흉을 가만두지 않겠다는, 조금은 셰임답지 않은 투지가 느껴졌다.

"나도 끼워 줘."

그때, 알레그리아가 다가오며 말했다.

"일단 첫 번째 증명은 이걸로 할게."

Chapter 8.
일망타진

1.

바율 일행과 드래곤 간의 대치가 이뤄졌다. 만신창이가 되어서 겨우 숨만 붙들고 있는 칼리오페를 본 수하들은 눈이 뒤집히기 직전이었다.

고작 인간 하나에게 고룡이 저리 처참하게 당했다는 게 도저히 믿기지 않았다.

혹시 자신들이 그를 너무 높게 평가하고 있었던 것은 아닐까?

현 드래곤 로드인 라예가르에겐 미치지 못하나, 기실 칼리오페는 드래곤 사회에서 알아주는 싸움꾼이었다.

차기 로드로 거론되던 골드 드래곤 샬라메가 죽었으니,

다음 로드는 분명 그가 될 거라고 다들 확신했었다.

과연 칼리오페로서는 두려울 게 없었다. 그나마 남은 생이 얼마 되지 않는 로드만이 유일한 적수였다. 하여 천족을 동원해 그를 멀리 유인한 뒤, 언제고 위협이 될 놈의 목숨을 거두고자 손수 찾아왔다.

모든 것이 계획대로만 된다면 이 세상을 발아래에 둘 수 있으리라 장담했다.

마지막 남은 레드 일족이라는 이유로 일라이를 유난히 끼고도는 라예가르에게도 묵직한 한 방을 선사하게 될 거라고 그들은 자신했다.

그런데 대체 어디서부터 뭐가 어떻게 잘못된 것일까.

라예가르는커녕 하다못해 헤츨링인 일라이도 아닌, 한낱 인간 나부랭이에게 그간 충성을 맹세했던 칼리오페가 속절없이 무너졌다.

긍지 높은 드래곤으로서 평생을 살아온 그들에겐 그야말로 몹시도 충격적이었다.

빈 수레가 요란하다는 말이 불현듯 뇌리를 스쳐 갔다.

라예가르만큼은 아니나, 감히 넘볼 수 없는 존재라 여겼던 칼리오페가 알고 보니 별것도 아니었다.

여태 그런 줄도 모르고 여기까지 그를 따라나섰다.

참으로 미련하고 아둔한 선택이 아닐 수 없었다.

이 순간, 그들로서는 저런 하찮은 인간 따위에게 반격조차 제대로 하지 못하고 죽을 위기에 처한 칼리오페가 일라이보다도 더 증오스러웠다.

애초에 신뢰가 아닌 철저한 이득 관계로 뭉쳐진 사이였다. 당연히 그의 죽음 같은 건 그들에겐 안중에도 없었다.

그저 작금의 상황이 견디기 힘들 만큼 짜증 나고 화가 치솟았다. 이런 엿 같은 일에 저들이 휘말렸다는 사실이 진정 불쾌했다.

분명 바로 코앞에서 칼리오페가 공작에게 압도적으로 난도질당하는 장면을 목격했음에도, 그들은 상대가 인간이라는 이유만으로 상황을 멋대로 해석하고 단정했다.

란데르트 공작이 강한 게 아니고, 그들이 믿고 따르던 칼리오페가 본래 약했던 것이라고. 저들이 지금껏 어리석게도 썩은 동아줄을 잡고 있었노라고.

"이렇게 된 거, 모조리 싹 다 해치워 버리겠어."

드래곤 중 누군가 음험하게 내뱉었다. 그 기저엔 혼자가 아니라는 자신감이 깔려 있었다. 성룡이 일곱이나 되는데 어느 누가 대적할 수 있겠냐는 자만감도 함께했다.

"내가 먼저 판을 깔아 주지!"

그때, 그린 드래곤 한 마리가 본체로 현신했다. 놈은 그대로 망설임 없이 일행을 향해 브레스를 날렸다. 그러자 소름 끼치도록 독한 냄새가 대기에 진동했다. 닿으면 몸이 그대로 녹아내릴 정도의 맹독성 때문이었다.

"이노센트!"

바율은 이노센트에게 그린 드래곤을 맡겼다. 녀석이 가진 치유력이라면 충분히 해독할 수 있으리라 여긴 것이다.

하지만 그녀보다 빠르게 움직인 이가 있었으니, 바로 알레그리아였다.

쏴아아아!

찬란한 빛이 부지불식간에 일행을 감싸며 그들을 대신해 독과 마주했다. 그러자 흑색에 가까운 녹빛을 띠던 브레스가 감쪽같이 사라졌다.

성스러움마저 느껴지는 광채는 알레그리아의 전신에서부터 뿜어져 나오고 있었다.

촤라라랑!

이어 은쟁반에 옥구슬이 굴러가는 듯한 맑은 소리와 함께, 웬 은빛 갑옷이 잠옷 차림이던 그녀의 몸을 둘러쌌다. 어느덧 알레그리아의 등에는 이전에 본 적 없는 새하얀 세 쌍의 날개가 솟아난 채였다.

"감히 나를 속였겠다?"

진체를 드러낸 그녀는 진정으로 분노하고 있었다. 딸을 시험한 아버지도 아버지지만, 저깟 드래곤들이 감히 자신을 가지고 놀았다고 생각하자 끓어오르는 살심을 멈출 길이 없었다.

"우리를 탓할 게 아니라 네 멍청함을 탓해야지!"

천족의 반격에 당황한 건 아주 잠시였다. 그린 드래곤의 비웃음이 타락의 숲 밤하늘을 쩌렁쩌렁하게 울렸다.

스르릉!

알레그리아는 표정을 굳히며 검을 뽑아 들었다. 이제껏 살생이라곤 해 본 적 없는 그녀지만, 그건 그간 그럴 필요가 없어서였다. 필요하다면 그녀 역시 충분히 냉정해질 수 있었다.

"내가 어리숙했단 건 인정해. 하지만 적어도 너희보다 아둔하지는 않다는 걸 보여 주지."

알레그리아의 눈매가 샐쭉하니 가늘어졌다. 그녀가 검을 쥔 채 그린 드래곤을 향해 빠른 속도로 날아갔다.

"홋! 어차피 천계가 완전히 열리지 않은 이상 제힘을 전부 내지도 못할 터."

그린 드래곤은 이기죽거리며 다시 한번 독을 준비했다.

"중간계의 최강 생명체는 바로 우리, 드래곤이다!"

놈은 알레그리아를 피하지 않았다. 도리어 제자리에서 날갯짓하며 더욱 크게 몸을 부풀렸다.

"……!"

그 순간, 고막이 찢기는 듯한 날카로운 소음이 그녀를 덮쳤다. 본능적으로 몸을 틀고 나니 비릿하게 웃고 있는 백발의 사내가 눈에 들어왔다.

화이트 드래곤은 음파 공격에 능한 자들이었다.

예상은 했다만, 정말 이렇게 치사하게 나오시겠다?

이 대 일로 붙는다고 해서 두려울 것은 없었다. 그저 상대의 치졸함에 헛웃음이 절로 튀어나올 따름이었다.

쑤아아아!

그린 드래곤이 다시금 브레스를 뿜어낸 건 알레그리아가 잠깐 화이트 드래곤에 한눈을 판 사이였다. 그는 제 모든 힘을 끌어모아 귀찮은 천족을 처리하려 했다.

그러나 그건 그의 희망 사항일 뿐이었다. 이번에도 그것은 알레그리아의 몸에서 새어 나온 빛과 맞닿자 너무나 허무하게 지워졌다.

놈은 인정할 수 없겠지만, 그는 기껏해야 평범한 성룡 중 하나인 반면 알레그리아는 천계에서도 고귀한 혈통을 타고난 대천사였다. 즉, 일개 독 따위가 그녀에게 해를 끼칠 순 없다는 뜻이었다.

"어디서 이런 어쭙잖은 짓을."

알레그리아는 더 이상 주저하지 않았다. 제 결백을 증명하기 위해서라도 마음을 단단히 먹어야만 했다.

"하압!"

그녀에게서 황금색 빛줄기가 폭사되었다. 그 빛이 향하는 끝에는 본인의 브레스를 허무하게 잃고 황망해하는 그린 드래곤 한 마리가 있었다.

"퓌르!"

알레그리아의 예상치 못한 저돌적인 행동에 바율과 친구들은 잠시 당황했지만, 이내 정신을 차리고 저마다 재빠르게 움직였다. 일라이를 해치러 온 무리를 몽땅 그녀에게만 맡길 순 없었다.

퀸이 또다시 그린 드래곤을 도우려 나서려는 백발의 사내 앞을 가로막으며 물의 중급 정령 퓌르의 이름을 외쳤다.

그러자 퀸의 앞에 마치 분수처럼 거대한 물줄기가 생겨났다. 마치 사전에 약속이라도 한 듯 자연스러운 흐름이었다. 퀸이 그 위에 사뿐히 올라타서는 물 화살을 잇따라 퍼부었다.

팡! 팡!

"가소롭군."

제게 덤비는 인어족을 보며 백발의 사내가 코웃음을 쳤다. 그는 제 앞의 꼬맹이가 대체 뭘 믿고 이리 나대는지 궁금할 지경이었다. 퀸이 지니고 있는 태고의 신물을 알아보지 못했기에 할 수 있는 생각이었다.

칼리오페가 상대한 인간의 무력은 칭찬할 만한 수준이었지만, 딱 거기까지였다. 그 역시 단순히 칼리오페가 생각보다 약했던 거라고 결론 내렸다.

드래곤이 인간과 무력 다툼을 한다는 사실 자체가 그들에겐 말이 안 되는 행위였다. 예까지 따라온 것도 일라이의 마지막을 구경코자 함이었지, 이리 나설 마음 같은 건 애초에 없었다.

쇄애액!

무언가가 무시무시한 굉음을 동반한 채 퀸을 목표로 날아왔다. 그것은 퀸이 올라타고 있는 물줄기를 가볍게 무너뜨림과 동시에 일순간 정지 마법에라도 걸린 듯, 몸을 꼼짝달싹하지 못하도록 옥죄었다. 퀸이 급히 귀를 보호하지 않았다면 피가 흐르고도 남았을 만큼 강렬한 압박이었다.

"퀸!"

다행히 이노센트가 균형을 잃고 멈칫한 퀸에게 물길을 쏴 준 덕에 금방 다시 중심을 잡을 수 있었다.

"드래곤이라 그런지 잔재주가 좋긴 하군."

퀸은 씨근거리며 서늘한 시선을 들었다. 그런 그의 양옆으로 수십여 개 물의 창이 생겨났다.

머리칼은 평소보다 한층 더 짙은 푸른빛을 머금은 상태였고, 대양의 눈이 끼워진 그의 하얀 손에서는 이제껏 본 적 없는 빛이 새어 나오고 있었다.

"안타깝지만 그 잔재주를 부리는 것도 오늘까지만이야."

드래곤을 면전에 두고 하기에는 너무나 광오한 말이 아닐 수 없었다. 그에 백발의 사내가 어이없는 웃음을 짓는 찰나였다.

쑤아아앙!

퀸이 만들어 낸 물의 창이 빛살처럼 쏘아졌다.

펑! 퍼엉!

하나 그것은 조금 전처럼 상대의 몸에 닿기도 전에 흔적도 없이 소멸했다. 마법의 종족이라는 드래곤의 실드 마법에 막힌 것이다. 다만 한 가지, 방금과 다른 점이라면 창의 개수였다.

점점 농도가 짙어지는 물의 창은 흡사 소낙비처럼 끊일 생각 없이 세차게 집중적으로 몰아쳤다. 대부분이 무용화가 되었지만, 어느 순간부터 하얀 사내의 얼굴이 창백하게 질려 갔다.

반격할 틈이 없었다. 미친 듯이 쏟아지는 창을 막아 내느라 정신을 차리기가 힘들었다.

"이, 이게 무슨……!"

한낱 인어였다. 지상 최고의 생명체라 자부하며 살아온 그들에게 인간이나 인어나 하등 쓸모없는 부류로 취급되기는 마찬가지였다.

한데 그런 상대에게 제가 놀아나고 있다니.

사내는 칼리오페가 밟은 전철을 자신이 그대로 따라가고 있다는 사실을 인지하지도 못한 채 충격에 휩싸였다.

"머저리 같은 놈들! 이깟 것들 하나 제대로 상대 못 해서 어디다 쓸래?"

뒤편에서 그 광경을 고스란히 지켜보던 파란 머리칼의 소녀가 한심하다는 듯 혀를 찼다. 유난히 앳된 얼굴을 하고 있지만, 그것은 그저 겉모습일 뿐. 그녀는 현재 남은 드래곤 중에서 가장 나이가 많은 블루 드래곤, 크래말라였다.

"다들 뭐 해? 안 움직여? 내일 싸울 거야?"

그녀의 한마디에 물러나 있던 네 드래곤이 서슬 퍼런 기세를 뿜어내며 일행에게로 덤볐다.

"이거야말로 진정한 패싸움이네."

누굴 먼저, 언제 공격할지 때를 기다리고 있던 라나사였다. 그녀가 아까부터 웅웅 울어 대는 천사의 날개를 손에 꼬나든 채 드디어 전투에 합류했다. 그에 질세라 로건 역시 한 손에는 기드온을, 다른 한 손에는 장검을 들고 싸움에 뛰어들었다.

"셰임, 친구들을 보호해 주세요!"

일반적인 기사 수준을 훨씬 뛰어넘는 실력을 보유한 둘

이라고는 하나, 인간의 몸으로 드래곤의 상대가 되기에는 아직 일렀다. 해서 바율은 셰임에게 둘의 안전을 부탁하고는 호흡을 가다듬었다.

"미우우!"

피그미부엉이인 잉그리드까지 보탬이 되기 위해 몸체를 변형시켰다. 에이단이 그런 녀석의 등에 올라타고 날아올랐다.

타락의 숲은 흡사 전쟁터를 방불케 했다.

색색의 드래곤 여섯과 친구들, 그리고 정령들이 한데 엉켜 본격적인 전투에 들어갔다.

칼리오페를 무력화시킨 란데르트 공작은 여차하면 뛰어들 자세로 교전을 주시하고 있었다. 그의 곁에선 일라이가 인간형의 모습으로 돌아온 칼리오페를 내려다보는 중이었다.

옆모습이라서 어떤 표정일지는 자세히 알 수가 없었다. 다만 일라이의 어깨가 잘게 떨릴 뿐이었다.

녀석은 무슨 생각일까.

부모의 원수를 마주하는 기분이 어떨지 바율로서는 짐작하기도 어려웠다.

녀석이 걱정되었지만, 지금은 그보다 먼저 해결할 것이 있었다.

바율은 애써 일라이에게서 눈길을 거두며 홀로 우두커니 서 있는 블루 드래곤을 향해 걸어갔다.

"그럼 이제 아름답고 우아한 내가 나서야 할 차례인가?"

알레그리아에게 제 할 일을 빼앗겨 심통이 났던 이노센트가 긴 머리칼을 쓸어 올리며 바율 곁으로 스르르 날아왔다.

물에는 물.

블루 드래곤 크래말라를 보는 이노센트의 눈빛은 흡사 재미있는 장난감을 목전에 둔 어린아이처럼 빛나고 있었다.

"물의 정령왕이로구나."

눈빛을 반짝이는 건 크래말라도 마찬가지였다. 그녀는 이노센트를 마주하고서도 두려운 기색은커녕 도리어 기대에 차 있었다.

"과연 대단해."

크래말라로서도 인정해야만 했다. 그녀는 이제껏 살면서 이토록 강렬한 물의 기운을 본 적 없었다.

뿐인가.

제 온몸을 자극하는 이 순수하고도 농도 짙은 힘.

티끌만큼도 오염되지 않은 듯, 진정 맑고 깨끗했다. 이런 청명하고 아릿한 느낌은 그간 단 한 번도 겪어 보지 못했다.

"갖고 싶을 정도야."

그래서일까.

오랜만에 그녀의 소유욕에 불이 지펴졌다. 정령왕이란 존재가 갖고 싶다고 해서 가질 수 있는 게 아니거늘, 불행히도 크래말라는 정령에 대해 너무나 무지했다.

비단 그녀뿐만이 아니었다. 성룡이라고는 하나, 정령계는 그녀를 비롯한 대부분의 드래곤들이 태어나기도 전에 이미 없어졌다. 당연히 잘 알지도 못할뿐더러, 관심도 없었다.

그 저변에는 얼마나 약했으면 멸망했겠냐는 심리도 깔려 있었다. 한마디로 정령을 얕본 것이다.

늘 본인들이 지상 최강의 생명체라 자부하는 드래곤의 종족 특성이 여지없이 발현되는 순간이었다.

"귀엽네."

이노센트는 만면에 웃음을 띤 채 크래말라를 내려다보았다. 평소 그녀의 성정이라면 죽고 싶어서 환장한 거냐며 당장 길길이 날뛰어도 하등 어색할 것 없는 상황이건만, 현재 그녀는 이상하리만치 여유로웠다.

"재밌어. 아주 짜릿해."

심지어 더욱 진한 미소가 입가에 드리우고 있었다.

"잠시 후의 네 모습을 머릿속에 담는 중이거든."

"…뭐라는 거야?"

크래말라가 이노센트의 말에 담긴 함의를 이해하지 못한 표정을 짓자 녀석이 친절하게 덧붙여 설명했다.

"조금 이따가 그 얼굴이 어떻게 변할지 상상 중이라고. 도도하게 굴던 네가 제발 목숨만 부지하게 해 달라며 울고불고 매달리는 것도 꽤 볼만하지 않겠어? 아, 벌써부터 기대돼."

"그러니까…… 이 내가 너에게 목숨을 구걸한다고?"

"응."

크래말라의 물음에 이노센트가 생글거리며 고개를 끄덕였다.

"건방진 년이로군."

크래말라의 안색이 순식간에 싸늘해졌다. 그녀의 주변으로 서서히 물보라가 일었다.

"조그마한 물 덩어리 주제에 감히 블루 드래곤을 상대로 이길 수 있을 거라 자신하다니. 허 참! 어이가 없구나. 그 용기만큼은 참으로 가상하나, 네가 원하는 바를 이룰 수는 없을 것이다."

크래말라가 이노센트를 표독스럽게 노려보며 허공으로 날아올랐다. 소유욕 따위는 이미 진즉에 저만치 사라졌다.

오로지 저 버릇없는 꼬맹이를 처절하게 혼쭐내고야 말겠다는 저열한 욕망만이 그녀의 마음 한편에 가득히 자리 잡았다.

"바율, 어떻게 족칠까?"

"이노센트 마음 내키는 대로 해."

"진짜? 나 하고 싶은 대로 다 해도 돼?"

크래말라를 향했던 이노센트의 시선이 바율에게로 획 꺾였다.

정령왕이 된 후로 힘을 마음껏 사용하지 못했다. 여태 그럴 기회가 없었기 때문이다.

"오늘은 그래도 돼."

바율의 확답에 이노센트의 파란 눈동자에 희열이 들끓었다.

주위에 피해가 갈 것을 우려해 매번 자중하라던 바율이었다. 한데 드디어 허락이 떨어졌다. 모처럼 만에 찾아온 이 호기를 이노센트는 절대 아무렇게나 흘려보낼 수 없었다.

"흐음."

흥분으로 인해 이노센트가 저도 모르게 혀를 날름거렸다.

어떤 식으로 갖고 놀까나?

저따위 상대쯤이야 이제 그다지 큰 힘 들이지 않고 간단히 처리할 수 있지만, 목숨 아까운 줄 모르고 함부로 나불대는 저 주둥이에서 기어코 살려 달라는 애원의 목소리를 들어야 좀 더 만족스러울 것 같았다.

물의 정령왕인 저를 상대하겠답시고 물의 기운을 끌어모으는 저 멍청함이라니.

"대체 누가 건방진 건지 모르겠네."

이노센트의 입꼬리가 히죽 말려 올라가는 순간이었다.

"죽어라!"

크래말라의 몸을 휘감고 있던 물보라가 삽시간에 날카로운 바늘로 돌변하더니, 이노센트를 향해 무서운 속도로 날아왔다.

그걸 보고 있던 이노센트는 결국 더 참지 못하고 웃음을 터뜨렸다.

"푸하하하! 너, 물의 정령이랑 처음 싸워 보지?"

배까지 잡고 깔깔대는 모습이, 아무래도 진심으로 이 상황이 웃긴 모양이었다.

하지만 그것도 잠시. 이노센트의 두 눈에서 돌연 푸른 안광이 터졌다.

파핫!

그러자 별안간 시공간이 멈춘 듯 세상이 느려지기 시작

했다. 아니, 느려진 건 오직 하나. 크래말라가 뿌린 물의 바늘뿐이었다.

톡.

이노센트가 제 바로 앞에 멈춰 선 바늘 하나를 손가락으로 가볍게 톡 건드리자, 물방울이 터지는 듯한 소리와 함께 그것이 주룩 바닥으로 흘러내렸다. 손짓 한 번에 맥없이 형체를 잃어버린 것이다.

"이익!"

크래말라는 당황했지만, 이내 더욱 거세게 힘을 몰아붙였다.

그러나 변하는 것은 없었다. 오히려 이노센트는 그런 그녀를 비웃기라도 하듯 스스로 물의 바늘 속으로 유유히 이동했다.

"설마 진심으로 내게 이런 게 해가 될 거라고 생각한 거야?"

크래말라에게 묻는 이노센트의 음성엔 실망감마저 느껴졌다.

"몰라도 어쩜 이렇게까지 모를까."

이노센트는 진정 한심하다는 양 작게 읊조리곤 가볍게 손을 튕겼다.

"뭐, 뭐야!"

크래말라는 제 눈을 믿을 수가 없었다. 분명 자신이 만든 무기였다. 한데 그것들이 갑자기 타인의 힘에 의해 하나로 뭉쳐지고 있었다.

수천수만 개의 바늘이 모여 거대한 물의 기둥이 만들어졌다.

크래말라가 계속해서 기운을 내보냈지만, 상황은 이미 그녀의 통제 밖이었다. 제가 만든 무기는 이제 전혀 제어가 되질 않았다.

"말도 안 돼!"

그녀는 물을 지배하는 블루 드래곤이었다. 지금껏 물이 제 의지를 벗어난 적은 단 한 번도 없었다. 기실 그녀는 지금 이 사태를 믿기 힘들었다.

물의 정령인 이노센트 앞에 '왕'이라는 말이 괜히 붙은 게 아니었다. 하나 크래말라는 아마 죽을 때까지 그 호칭이 가진 의미에 대해 제대로 알지 못할 터였다.

"그럼 우리 이제 진짜로 놀아 볼까?"

재롱을 보는 건 여기까지였다.

이노센트의 푸른 머리칼과 드레스가 파도처럼 출렁였다. 그러자 그 움직임에 맞춰 물기둥이 한 마리 뱀처럼 날렵하게 쏘아져 나갔다. 그것은 단숨에 크래말라의 목을 칭칭 휘감았다.

"흐읍!"

물줄기가 목을 조여 오자 크래말라가 고통에 몸부림치며 마법을 있는 대로 난사했다. 물로 이뤄진 수만 가지의 형상들이 이노센트에게 달려들었지만, 그때마다 조금 전과 마찬가지로 제힘을 잃고 이노센트에게로 스며들 뿐이었다.

그 사이 크래말라의 목에 더욱 강한 압력이 가해졌다. 이대로 더 버티는 건 무리였다. 평생을 살아오면서 자신이 수족처럼 부려 온 물 때문에 전신이 결박이라도 당한 듯 아무것도 할 수가 없었다.

분노할 새도 주어지지 않았다. 태어나 한 번도 품어 본 적 없는 두려움이라는 감정이 뒤늦게 그녀의 가슴에 똬리를 틀었다.

제 심장 소리가 이렇게 크게 느껴지기는 처음이었다. 목의 감각이 희미해지고, 그와 동시에 눈앞이 점멸하고 있었다. 마치 허파가 자그마하게 쪼그라드는 것 같은 기분이었다.

"크하아아앙!"

크래말라는 결국 자존심을 내팽개치고 드래곤으로 현신했다. 그러자 숨통을 조여 오던 물줄기가 거짓말처럼 사라지고, 비로소 죽음의 공포에서 탈출할 수 있었다.

거대한 날개를 펄럭이며 그녀가 비상했다. 반격할 의지는 생기지도 않았다. 그저 이대로 도망을 치는 것이 당장의 유일한 목적이었다.

자신이 물의 정령왕에게 상대가 되지 않는다는 것쯤은 단 한 수만으로도 뼈저리게 알 수 있었다. 죽을힘을 다해 여기서 벗어나야만 했다.

하지만 그 역시 그녀의 의지대로 되지 않았다. 그걸 두고 볼 만큼 이노센트는 너그러운 성격이 아니었다.

"그렇게는 안 되지."

크래말라의 속이 훤히 드러나 보이는 행동에 이노센트가 낮게 혀를 차며 그녀를 향해 손을 뻗은 것이다.

"……!"

시작은 그저 평범한 물이었다. 한데 그것이 점점 '손'의 형태를 띠더니, 어느 순간 무시무시한 속도로 부피를 키워 갔다.

인간의 손 모양을 하고 있지만, 드래곤의 몸통을 쥐고 흔들기에 충분한 엄청난 크기. 순수한 물로 이루어진, 그야말로 '물의 손'이었다.

물의 손이 크래말라의 목을 움켜쥐었다. 그러곤 한 줌 망설임 없이 그대로 그녀를 바닥으로 찍어 내렸다.

콰앙!

난전 중임에도 굉음이 울리자 자연스레 시선이 모였다.

"뭐, 뭐야, 저거?"

"무슨 손이 저렇게 커?"

친구들은 물론이고 바율마저도 기함할 수밖에 없는 장면이었다. 물로 만든 화살이며 창이며 온갖 무기들을 경험한 그들이지만, 이런 건 처음 본 까닭이다.

물로 만들어진 거대한 손이라니?

"어, 어? 저기 봐! 하나가 더 생겼어!"

괴이한 장면에 드래곤들의 이목까지 집중시켰다.

난데없이 튀어나온 두 개의 손.

그러나 놀라기엔 아직 일렀다.

이어지는 상황에 그들은 무어라 할 말을 잃었다.

하고 많은 방법 중에서 이노센트가 택한 건 육탄전(?)이었다. 한 손은 크래말라의 목을 틀어쥐고, 나머지 손으로 주먹을 쥐고는 그녀의 얼굴을 마구 내리치기 시작한 것이다.

퍽! 퍽! 퍽!

거구의 몸뚱이가 그보다 더 거대한 손의 주먹질에 맥없이 이리저리 흔들렸다.

"그러게 왜 내 앞에서 잘난 척이야? 물의 정령왕을 뭘로 보고! 또 그렇게 까불래? 앙?"

"사, 살려 줘……."

기어코 크래말라의 입에서 비는 소리가 흘러나왔다. 하나 안타까운 점은, 그녀는 여전히 이노센트를 너무 모른다는 것이었다.

"싫은데? 내가 네 말을 왜 들어야 해? 자고로 너 같은 것들은 비 오는 날 먼지 나게 맞아 봐야 정신을 차린다고 했어!"

어디서 주워들었는지 이노센트가 콧방귀를 끼고는 계속해서 주먹질을 해 댔다.

드래곤들은 본인이 맞는 것도 아닌데 거대한 물의 주먹이 크래말라에게 닿을 때마다 자기도 모르게 움찔움찔하며 몸을 떨었다.

방식은 참으로 무식하나, 덕분이라고 해야 할지 시각적인 효과는 참으로 탁월했다. 칼리오페 다음으로 가장 강하다고 여겼던 크래말라까지 속수무책의 상태에 빠지자 드래곤들은 그만 전의를 상실했다.

2.

로건의 황금색 눈동자가 기민하게 장내를 훑었다.

이제 남은 드래곤은 다섯.

칼리오페와 크래말라에 이어 또 하나의 드래곤이 처참하게 타 죽었다. 놈을 그렇게 만든 스피넬은 언제 그랬냐는 듯 차분한 평소의 모습으로 돌아와 일라이의 곁에 가 있었다. 마치 녀석을 위로라도 하듯이.

알레그리아와 퀸, 그리고 상급 정령인 토파즈와 알레그로가 각기 한 마리씩 맡았고, 로건과 라나사는 셰임의 비호를 받으며 블랙 드래곤과 맞서던 중이었다.

적이 방심한 사이에 기습을 가하는 건 가장 기초적인 전술이었다. 이를테면 이노센트의 물 주먹이 상대의 시선을 끄는 지금 같은 때가 바로 그러했다.

타핫!

로건이 돌연 지면을 박차며 날아올랐다. 그의 검은 블랙 드래곤의 가슴을 향하고 있었다.

쇄애애액—

예리한 검날이 몸체를 스치기 직전, 어디선가 본능처럼 손이 튀어나오더니 그대로 칼을 움켜쥐었다. 인간이라면 응당 피를 철철 흘리고도 남았을 테지만, 상대는 드래곤이었다.

까앙!

마치 쇠붙이끼리 부딪치는 듯한 소리가 요란하게 울렸다.

로건은 그 즉시 장검을 비틀곤 재빠르게 블랙 드래곤의 품으로 파고들었다. 그런 그의 반대편 손에는 기드온이 들려 있었다.

'훗.'

블랙 드래곤, 아로간스의 입가에 희미한 미소가 걸렸다. 명백한 조롱이자 경멸이었다.

칼리오페에 이어 크래말라까지 전투 불능의 상태가 되었다. 다소 놀랍기는 하지만 그뿐, 자신마저 그리될 리는 없었다.

하나는 인간 같지도 않은 인간에게 당했고, 다른 하나는 정령왕인지 뭔지에 패해 쓰러졌다.

그에 비해 저를 대적하고 있는 건 고작 해 봐야 작디작은 보통의 인간 소년이지 않은가.

질 거란 생각은 들지 않으나, 그래도 당장은 상황이 좋지 않았다. 이렇게 된 거 일단 신속히 해치우고 몸을 숨기는 게 좋을 듯했다.

카강!

기드온의 짧은 검신이 또다시 막혔다.

"이번엔 내 차례다. 어디 한번 잘 버텨 보거라, 작은 인간아."

아로간스가 낮게 뇌까리며 번개를 일으켰다.

콰지직!

그의 손아귀에서 시작된 전류가 단검을 타고 로건의 팔로 넘어가려는 순간이었다.

퍼엉!

갑작스러운 폭음과 함께 로건이 아로간스에게서 멀찍이 떨어졌다.

"젠장!"

로건의 입에서 절로 욕설이 튀어나왔다. 조금만 빨랐어도 놈에게 상처를 입힐 수 있었는데!

역시 아직은 무리인 것인가.

―실망하지 마라……. 아직 기회는 남았다…….

기드온의 속삭임에도 로건은 답지 않게 어금니를 꽉 깨물었다. 친구들에게 보탬이 되고자 하는 욕심이 그의 승부욕에 불을 지폈다.

"호오, 에고 소드였나?"

아로간스가 한층 가늘어진 눈매로 로건이 쥐고 있는 단검, 기드온을 예의 주시했다. 아무리 전력을 다하지 않았다고는 하지만, 일개 소년이 그의 공격을 이리 막기란 불가능했다.

"지능이 상당히 높아 보이는군."

그렇지 않고서야 이처럼 순식간에 번개를 무력화시킬 순

없었다.

"뭘 믿고 이리 까부나 했더니만…… 그래, 그렇게 된 거였어. 아무렴, 그 정도는 되어야지."

아로간스는 에고 소드를 이제야 알아본 스스로가 한심할 지경이었다.

그저 마지막 남은 레드 일족의 죽음을 구경하러 왔을 뿐이거늘, 어째 놈의 주변에 평범한 종자라곤 하나도 없었다.

가장 만만하다 여기던 상대조차 에고 소드를 소유하고 있었을 줄이야.

뜻밖의 상황에 조금 당혹스럽기는 하나, 그래도 제 몸 하나는 간수할 자신이 있었다. 그래 봤자 약해 빠진 인간이란 사실에는 변함이 없으니까.

"……!"

내심 홀로 비웃음을 머금던 그때였다. 아로간스는 불현듯 머리털이 쭈뼛 서는 듯한 오싹한 느낌에 사로잡혔다.

그와 함께 미소가 걷혔음은 더 말할 나위도 없었다. 그의 불안한 동공이 바쁘게 주위를 돌아보기 시작했다.

그 틈을 놓칠 라나사가 아니었다.

오늘은 만월이 뜬 밤이었다. 그리고 그녀 역시 란데르트 공작과 마찬가지로 달의 일족의 피를 이었다.

월광이 비추는 순간, 라나사의 전신에서 빛이 새어 나오는 듯한 착시가 느껴졌다.

그녀는 빠른 발놀림으로 아로간스에게 다가가 태고의 신물, 천사의 날개를 힘껏 휘둘렀다.

쑤아아악!

"이따위 조막만 한 게 내게 통할 성싶으냐?"

아로간스는 얼굴을 와락 찌푸리며 맨손으로 검날을 꽉 움켜잡았다. 순간이나마 인간을 상대로 두려움에 휩싸였다는 것에 깊은 수치심과 분노를 느꼈다. 이번에야말로 이 버러지 같은 것들을 죄다 통구이로 만들어 버릴 작정이었다.

그리 결심한 아로간스에게서 번개가 다시 한번 솟구치려는 찰나였다.

"하앗!"

라나사가 기합을 내지르며 천사의 날개에 마나를 실어 보냈다.

촤라락!

그러자 놀라운 일이 벌어졌다. 길쭉하고 반듯하던 검신에서 흡사 천사가 날개를 펼치듯 무언가가 튀어나온 것이다.

황금빛 광채를 발산하며 새로이 등장한 그것은 순식간에 아로간스에게서 손목을 앗아 갔다.

서걱!

섬뜩한 소리가 고막을 울림과 동시에, 그의 눈이 믿을 수 없다는 듯 크게 떠졌다. 이어 고통에 찬 비명이 타락의 숲에 울려 퍼졌다.

"아아악!"

신물에 의한 상처는 쉽게 회복되지 않는다. 그래서인지 아로간스는 이제껏 느껴 본 적 없는 엄청난 통증에 눈이 뒤집혔다.

"네, 네년이 감히⋯⋯!"

미칠 듯한 살심이 펄펄 끓어올랐다. 반드시 눈앞의 계집만은 죽이고야 말겠다는 비장한 결의가 그의 시커먼 두 눈에 서렸다.

당연히 곱게 죽이진 않으리라. 이 고통에 대한 죗값을 치르려거든 세상에서 가장 잔혹하고 비열한 방식으로 목숨을 거두어야만 했다.

마법으로 피가 철철 흐르는 손목을 대충 응급 처치한 뒤, 아로간스가 거칠게 달려들었다.

이성과 여유가 사라진 그의 움직임은 로건과 라나사의 시력으로도 좇을 수 없었다.

퍼억!

결국 라나사는 이렇다 할 방어 태세를 갖추기도 전에 아로간스의 발길질에 당해 바닥을 뒹굴었다.

"큽!"

충격이 상당한지 그녀에게서 신음이 터졌다. 하나 상대
는 그것만으로 만족할 수 없었다. 아로간스가 쓰러진 라나
사의 복부를 향해 다시 한번 온 힘을 다해 발을 뻗었다.

휘익!

그때, 땅 밑에서 별안간 나무뿌리가 튀어나왔다. 바율에
게 친구들을 지키라 명 받은 셰임이 드디어 실행에 나선 것
이다.

"뭐, 뭐야?"

예상치 못한 게 갑자기 제 두 다리를 휘감자 아로간스는
눈에 띄게 당황했다. 고작 뿌리 따위에 불과하건만 옥죄는
힘은 장난이 아니었다.

"라나사!"

그가 맥을 못 추는 동안 로건은 쓰러진 제 사촌 누나를
보고 놀라서 달려왔다. 어기적어기적 일어서는 자세가, 아
무래도 적지 않은 타격을 입은 게 분명했다.

"나 괜찮으니까…… 그런 얼굴 하지 마."

허리에 손을 얹은 채 간신히 몸을 일으킨 라나사의 입가
가 붉은 피로 젖어 있었다. 신음을 참으려는 과정에서 저도
모르게 생긴 상처였다.

"이럴 줄 알았으면…… 갑옷을 입고 올 걸 그랬어. 젠장."

오두막에 모여 있다가 느닷없이 닥친 상황이었다. 당연히 그럴 새가 있었을 리 만무하다. 라나사는 그저 제 무사함을 알리고자 부러 농담처럼 중얼거린 것이었다.

그런 그녀의 태도에도 로건의 표정은 좀처럼 펴질 줄을 몰랐다.

그럴 만도 했다. 라나사가 내력으로 몸을 보호해서 이 정도이지, 만약 지금 이 자리에 있는 게 라피트였다면 내장이 파열되고도 남았을 것이다. 재수가 없었다면 즉사를 했을 수도 있었다.

즉, 제 사촌 누나가 조금만 약했어도 조금 전의 그 공격으로 인해 죽었을 거란 얘기다.

그런 생각을 자각하자 정수리에서부터 발끝까지 희미한 열감이 차올랐다. 그녀를 제때 지켜내지 못했다는 자책감과 함께.

그것은 이내 점점 뜨겁게 타올랐고, 그의 금안엔 어느덧 핏빛이 어렸다.

"…로건?"

그제야 라나사는 무언가 잘못되었음을 인지했다. 세이모어가의 직계에게만 유전된다는 광기. 그걸 저지하기 위해

가전의 호흡법을 익힌 로건이건만, 지금은 어째서인지 그 기운에 사로잡힌 듯했다.

한번 폭주가 시작되면 멈출 수 없다고 들었다. 게다가 광기에 잘못 사로잡혔다간 스스로의 생명을 잃을 수도 있었다.

"정신 차려! 제대로 호흡하란 말이야!"

―괜찮다…….

라나사의 다급한 외침에 답한 것은 로건이 아닌 기드온이었다. 그는 로건의 이러한 기현상에도 당황하기는커녕 오히려 자랑스러움이 느껴지는 말투였다.

―조금 흥분했을 뿐…… 녀석은 멀쩡하다.

"…멀쩡하다고요?"

"응, 라나사."

놀라 되묻는 라나사의 귀로 로건의 나지막한 목소리가 들려왔다.

"난 지극히 정상이야."

숨소리가 다소 거칠긴 했지만, 확실히 로건의 음성은 평상시와 같았다.

―이제야 내 힘을 가져다 쓸 수 있게 되었구나…….

"미안, 기드온. 너무 늦었지?"

―그렇지 않다……. 너는 누가 뭐래도 내가 스스로 택한 나의 주인이다…….

"이제 겨우 시작이야."

무엇이 발단이었는지 당장은 정확히 알 수 없었으나, 로건은 현재 제 몸이 여태까지와는 비교도 할 수 없을 정도로 달라졌음을 인지했다.

"그간 내가 너무 몰랐네."

손에 쥔 기드온에서 엄청난 기운이 느껴졌다. 어려서부터 늘 함께해 왔거늘, 마치 오늘이 기드온과의 첫 만남인 것처럼 생소한 힘이었다. 그래서 더 설레었다.

"그럼 마무리를 해 볼까."

로건이 서늘하게 가라앉은 눈빛으로 전방을 응시했다. 그곳엔 아로간스가 여전히 셰임에게서 벗어나기 위해 발버둥을 치고 있었다.

"후우."

로건은 차분히 숨을 골랐다. 감정에 휘말려서는 안 된다는 걸 누구보다 잘 알면서도, 놈을 마주하는 순간 단전으로부터 뜨거운 분노가 들끓었기 때문이다.

"셰임!"

그러던 어느 순간, 로건이 뛰어오르며 셰임의 이름을 목청껏 외쳤다. 그러자 사전에 짜기라도 한 듯 아로간스를 휘감고 있던 나무뿌리가 거짓말처럼 종적을 감추었다.

쇄애애액!

그러자마자 로건의 장검이 아로간스의 가슴을 깊게 베고 들어갔다. 직선으로 깔끔하게 빗금이 그어지며 시뻘건 피가 허공에 나부꼈다.

"이, 이 새끼가……!"

부지불식간에 벌어진 일이었다. 아로간스는 멀쩡한 손으로 가슴을 부여잡으며 로건을 향해 뇌전을 날리려 했다.

그러나 상대는 이미 다음 공격을 준비하고 있었다. 방금은 맛보기에 불과했다. 기드온이 바로 연달아 아로간스의 어깨를 내리찍은 것이다.

파지직. 파지직.

"크아아악!"

비명과 뒤섞여 스파크가 튀고, 전류가 흘렀다. 최소한의 방어를 하고자 했지만, 그마저 전부 기드온에 막혀 로건에겐 일말의 해도 끼치지 못했다.

"으아아악!"

결국 아로간스가 마지막 발악처럼 온몸의 마나를 끌어모을 때였다.

"로건!"

이번에는 라나사가 도약했다. 천사의 날개를 양손으로 그러쥔 그녀가 높이 날았다. 꽉 차오른 만월이 그런 그녀의 뒤를 장식하듯 빛나고 있었다.

로건은 재빨리 기드온을 거두고 옆으로 비켜섰다. 드래곤의 몸체로 현신할 생각조차 하지 못하고 있던 아로간스는 그제야 겨우 숨을 내뱉었다.

하나 그것이 본인의 마지막 호흡이었을 거라고는 꿈에도 짐작하지 못했을 터였다.

다음 순간, 그의 심장에 천사의 날개가 정확히 들어가 박혔다.

Chapter 9.
고유 능력

1.

블랙 드래곤 아로간스가 죽었다. 그는 칼리오페가 제 뒤를 이을 후계자로 지목했을 만큼 강한 성룡이었다.

한데 그런 그가 어린 인간 소년과 소녀에게 당했다. 그것도 무참하게.

드래곤 하트가 쩍쩍 갈라지는 끔찍한 소리가 드래곤들의 귓가를 소름 끼치게 파고들었다.

가뜩이나 불리해지는 상황 속에서 전의를 상실해 가던 그들이었다. 그 와중에 마지막 희망이라 믿었던 크래말라까지 끝내 물 주먹을 견디지 못하고 기절하자 급기야 싸움을 포기하기에 이르렀다.

이제는 부인하려야 부인할 수가 없었다.

드래곤만이 세상에서 가장 고귀한 존재라고 여겨 왔다. 그리고 오늘, 그 드높은 자존심에 중상을 입었다.

명백한 그들의 패배였다. 비로소 상대가 자신들보다 강함을 인정하게 된 것이다.

돌이켜 보면 멍청하기 짝이 없었다. 칼리오페가 나가떨어진 순간 진즉에 깨달았어야 했다. 그의 힘을 의심할 게 아니라 상황을 객관적으로 살폈어야 했다.

하지만 평생을 최고라 자부하며 살아온 터라 눈앞에 닥친 현실을 바로 받아들이긴 어려웠다.

진정 어리석었다.

남은 드래곤 넷은 저들끼리 빠르게 시선을 교환했다. 굳이 무어라 말하지 않아도 모두가 같은 생각인 듯했다.

여기서 더 버텨 봤자 결국 그들 역시 개죽음을 맞이하는 꼴밖에 되지 않았다.

대체 무엇을 위해?

애당초 끈끈한 동료애가 있던 것도 아니었다. 그저 이해득실에 따라 움직였을 뿐. 그들 각자에게 가장 중요한 건 뭐니 뭐니 해도 스스로의 목숨이었다.

도망을 치려면 전투가 잠시 소강상태에 들어간 이때야말로 최적의 타이밍이었다.

아무리 전세가 불리하다고는 하나 그들은 마법의 최고 정점에 선 종족이었고, 그런 만큼 공간 이동쯤은 자유롭게 구사할 수 있었다.

저들끼리 모종의 신호를 주고받은 넷은 저마다 자신 있는 눈속임용 마법을 여기저기에 아무렇게나 뿌려 댔다.

쑤아아앙!

퍼버벙!

그러곤 언제 어느 때보다 빠르게 공간 이동 마법을 시전했다.

"……!"

그런데 어찌 된 까닭일까.

분명 잿더미가 아닌 초록의 숲에 당도해야 하거늘, 시야에 잡히는 건 그들이 난사한 마법들이 허무하게 스러져 가는 광경이었다.

"뭐, 뭐야?"

당황한 드래곤들은 재차 공간 이동을 시도했다. 하나 변하는 것은 없었다. 그들은 여전히 같은 자리에 머물러 있었다. 흡사 마법을 쓸 수 없는 어딘가에 갇히기라도 한 것처럼.

단언하건대 그들이 살면서 지금보다 놀란 적은 없었다. 숨 쉬듯 편하게 사용하던 마법이 알 수 없는 무언가에 의해 가로막히자 그들은 거의 패닉에 빠졌다.

"으하하! 내 실력이 어떠냐!"

그때, 여태껏 타락의 숲에서 발생하는 소음과 기운을 막고 있던 템페스타가 돌연 가소롭다는 듯 커다란 웃음을 터뜨렸다. 녀석의 목소리가 쩌렁쩌렁하게 대기를 울렸다.

"안 그래도 이쯤 되면 네놈들이 달아날 것 같아서 내가 대비해 놨지! 어디, 실컷 용들 써 봐. 어차피 너희는 이제 독 안에 든 쥐새끼들이야. 아니, 도마뱀 새끼라고 해야 하나?"

"마, 말도 안 돼!"

"어떻게 이런……!"

템페스타의 마지막 말은 제대로 들리지도 않았다. 드래곤들은 본인들의 도망을 저지할 수 있는 존재가 있다는 사실이 믿기지가 않는지, 계속해서 공간 이동 마법을 시전했다.

그러나 녀석의 말은 결코 허언이 아니었다. 템페스타가 만든 견고한 바람의 결계는 누구의 출입도 허락하지 않았다.

덕분에 드래곤들은 보이지 않는 어떤 벽에 막혀 자꾸만 힘이 튕겨 나왔다.

"호오, 웬일이래. 네가 쓸모 있을 때가 다 있고."

무시무시한 크기의 주먹으로 크래말라를 때려눕힌 이노

센트가 코웃음을 치며 빈정거렸다.

"그냥 노는 거밖에 모르는 줄 알았더니, 뭐라도 하긴 했네."

"이 물귀신이 지금 뭐라는 거야? 여기서 내가 제일 바빴거든?"

"어머, 바빴어? 저런. 아직 상급이라서 힘이 많이 부족하구나? 난 지금도 아주 멀쩡한데."

"너…… 너가 최고로 시끄러웠어! 네 소리가 밖으로 새어 나가지 않게 하느라고 내가 얼마나 고생했는지 알아?"

템페스타가 아직 정령왕으로 진화하지 못한 건 녀석에게 가장 뼈아픈 약점이었다. 이노센트가 굳이 그걸 콕 짚어 건드리자 녀석이 분기탱천하며 소리쳤다.

"그리고 물귀신, 너는 무식하게 그게 뭐냐? 아무리 성질이 더러워도 말이야. 왕이 되었으면 최소한 수하들 앞에서는 좀 체통을 지켜야지, 주먹질이나 하고! 보는 내가 다 창피한데, 쟤들은 어떻겠냐?"

"뭐? 창피?"

이노센트의 몸이 휙 돌아갔다.

"토파즈, 퓌르."

그녀가 제 수하들을 노려보며 물었다.

"내가 창피해?"

"아닙니다, 전하."

"…아니요. 그렇지 않습니다."

묵직한 토파즈의 음성에 이어 귀엽고 가느다란 목소리로 퓌르가 대답했다. 기대했던 답변이거늘, 이노센트의 미간에는 도리어 실금이 그어졌다.

"퓌르."

"네, 전하."

"말이 좀 늦었던 것 같은데."

"아닙니다! 오해세요!"

"…그래?"

"네!"

퓌르가 고개를 세차게 끄덕거리자 녀석의 꼬리까지 덩달아 이리저리 흔들렸다.

부하들에게 멋진 모습만 보여 주고 싶었던지라 아무래도 순간 예민하게 반응했던 것 같다.

'그럼 그렇지' 하고 중얼거린 이노센트는 다시금 템페스타를 쏘아보았다.

"봤지? 괜한 소리로 이간질하지 마라. 바다 한가운데에 확 갖다 처박아 버리기 전에!"

"아, 그러셔? 할 수 있으면 어디 해 보시든가! 그럼 나는 뭐, 가만있을 것 같아?"

둘의 말이 끝나기가 무섭게 거대한 물 덩이와 용오름이 밤하늘에 각기 위용을 드러냈다.

"이노센트. 템페스타."

결국 바율은 한숨을 푹 내쉬곤 둘의 이름을 나직이 불렀다.

어쩌 요즘 좀 잠잠하다 했더니, 엄한 데서 다툼이 터졌다. 어디서도 그래선 안 되겠지만, 지금은 더더욱 그럴 만한 상황이 아니었다.

"물귀신, 너 나중에 봐!"

"흥! 얼마든지!"

바율의 목소리에 실린 엄한 기색을 알아챈 둘은 눈치 빠르게 기운을 거둔 뒤 서로에게서 등을 돌렸다. 그 모습을 지켜보던 바율은 가볍게 고개를 내젓곤 드래곤들을 향해 시선을 돌렸다.

"셰임, 저들을 포박하세요."

그 명령에 땅속에서 별안간 나무뿌리가 튀어나오더니, 아직도 얼이 빠져 있는 드래곤들의 몸통을 순식간에 결박했다.

그린 드래곤은 본체로 현신한 상태였지만, 그런다고 달라질 것은 없었다. 타락의 숲이 엉망이 된 데 단단히 화가 난 셰임은 마치 놈들을 지하 세계로 끌고 가기라도 할 기세로 꽁꽁 싸맸다.

갑자기 급변한 현실에 놀란 드래곤들이 벗어나려 안간힘을 써 댔지만, 소용없었다. 그들이 뿌려 대는 마법 역시 바율의 손짓 한 번에 소멸되었다.

바율은 천천히 그들을 향해 걸어갔다. 그런 그의 눈동자가 또다시 사색으로 번뜩이고 있었다.

드래곤들은 저들도 모르게 꿀떡 침을 삼켰다.

외견상으로는 그저 보통의 소년이었다. 하나 어째선지 그와 눈을 마주하자 온몸이 사시나무 떨리듯 떨렸다.

상대는 아직 아무것도 하지 않았거늘, 사지가 잘리고 심장이 짓이겨지는 듯한 통증에 사로잡혔다.

무엇이 그들에게 이런 공포심을 느끼게끔 하는지 분간할 정신도 없었다.

"마음 같아선……."

바율이 멈춰 섰다.

"지금 당장 내 손으로 당신들을 없애고 싶지만."

바율이 살짝 시선을 틀자 그 끝에 여태 칼리오페를 해결하지 못하고 있는 일라이가 걸렸다.

"저 녀석의 결정을 기다려 보기로 하죠."

아주 잠깐이나마 목숨을 연장할 수 있다는 데 드래곤들이 안도하려는 찰나, 바율의 동공이 갑작스레 새빨갛게 타올랐다.

전대 불의 정령왕, 이스크라플라모는 정령왕 중에서도 가장 잔혹한 성정을 지닌 이였다. 그 영향인지 바율의 입가가 돌연 사악하게 말려 올라갔다.

절대 곱게는 보내지 않겠다는 의사 표시 같았다. 더불어 무언가를 고대하는 표정 같기도 했다.

어쩌면 차라리 스스로 생을 마감하는 편이 나을지도 모를 거란 어처구니없는 생각이 드래곤들의 머릿속을 스쳤다.

"라이⋯⋯."

상황이 어느 정도 정리되는 듯하자 친구들이 일라이에게로 다가왔다. 원수의 마지막은 자신이 꼭 마무리하겠다며 장담하던 녀석이거늘, 이제까지 아무것도 하지 못하고 있었다.

무슨 생각을 하는 건지, 바닥에 널브러진 칼리오페를 노려보다가 간혹 주먹을 움켜쥐며 어깨를 떠는 게 그간 일라이가 한 전부였다.

"라이, 검이 필요한 거면 말해."

라나사가 천사의 날개를 내밀었지만, 일라이는 고개를 저었다.

"그런 걸로는 부족해."

"부족하다니?"

"놈의 드래곤 하트를 부순다면 이대로 죽어 버리겠지. 그런데, 죽으면? 그러면 그냥 끝나는 거잖아."

일라이가 격앙된 음성으로 소리쳤다.

"놈은 내 어머니를 잔인하게 도륙했어! 오로지 날 낳았다는 이유만으로! 그런데도 어머니는 나를 살리기 위해 이 자식한테 매달리셨대. 그런 놈을 그렇게 순순히 죽이면…… 과연 복수가 성공한 걸까? 내 속은 편안해질 수 있을까?"

말했다시피 한번 죽으면 모든 게 끝이었다. 더는 아무것도 할 수가 없다는 뜻이다.

"아니, 못 죽여. 안 죽일 거야."

그렇다고 죽여 달라고 빌며 애원하는 모습을 보고 싶은 것도 아니었다. 단지 놈이 저지른 죗값에 비해 죽음은 너무나 가벼운 형벌이었다.

"죽이세요."

그때, 내내 일라이의 곁을 지키고 서 있던 스피넬이 처음으로 입을 열었다. 녀석의 심정이 어떨지 누구보다 가장 잘 알겠다는 얼굴을 하고 뱉어 낸 말은 평소의 그녀답지 않았다.

그러나 스피넬의 말은 아직 끝나지 않았다.

"이후 제가 그의 영혼을 소멸하겠습니다."

"…영혼을 어떻게 한다고?"

일라이는 물론 친구들까지 의아한 기색이었다. 난데없이 이게 무슨 소리인가 싶었다.

"불의 정령왕이 가진 고유의 능력입니다. 신이든 인간이든, 이 세계에선 누구나 환생이란 것을 합니다. 겉을 싸고 있는 껍데기는 바뀌지만, 알맹이인 영혼은 그대로인 채로 말이지요."

"그 말은…… 스피넬이 영혼을 소멸시키면, 다시 태어나지 못한다는 거야?"

"네. 영원한 죽음을 맞이하는 것입니다."

"무, 무슨 그런 개 같은! 그냥 죽여!"

간신히 눈만 깜박이고 있던 칼리오페가 별안간 숨을 헐떡이며 부르짖었다. 죽음 앞에서 초연하게 굴 때는 언제고, 영혼의 소멸만큼은 당하고 싶지 않은 모양이었다.

"그런 게 있었구나."

일라이의 고개가 비스듬하게 기울어졌다. 원수를 내려다보는 녀석의 붉은 눈동자가 선득한 빛을 발했다.

스피넬의 제안이 꽤 마음에 들었는지, 드디어 녀석의 얼굴에 미소가 드리웠다. 만월이 뜬 밤인데도 그런 일라이에게선 마치 태양처럼 환한 빛이 흘러나왔다.

화라락!

일라이의 고민은 길지 않았다. 녀석의 눈앞에 거연한 불의 검이 나타난 것이다. 크기며 모양은 단순하기 그지없었지만, 일라이의 각오를 보여 주듯 뜨겁게 활활 타오르고 있었다. 그 세기가 어찌나 사납고 맹렬한지, 친구들마저 뒷걸음질 칠 정도였다.

그때, 어디선가 시원한 바람이 불어와 마치 보호라도 하듯 그들을 둘러쌌다. 굳이 묻지 않아도 바율의 배려임을 알 수 있었다.

"참 재밌어."

불의 검에서 새어 나오는 불빛에 반사된 일라이의 얼굴이 기괴하게 번뜩였다.

"영원한 죽음이라니, 그야말로 너 같은 쓰레기에게 딱 어울리지 뭐야."

현생은 물론 그다음 생, 그리고 앞으로 무한히 반복되었어야 할 놈의 목숨이 이젠 제 손에 달려 있었다. 그 짜릿한 희열에 일라이의 속에서 무언가 들끓어 올랐다.

안 그래도 붉은 녀석의 눈동자가 더욱 시뻘건 색을 뿜어내자 갑자기 주변의 대기가 요동치기 시작했다.

일시적인 현상이라고 하기엔 일라이에게서 느껴지는 기운이 심상치 않았다. 일대의 마나가 송두리째 빠른 속도로 녀석을 향해 몰려들고 있었다.

이건 설마……?

바율이 두 눈을 홉뜨며 아버지를 바라보았다.

만약 일라이가 광기에 사로잡힌 거라면 어떻게든 막아야 했다. 이제껏 잘 참아 오던 녀석이거늘, 아무래도 어머니의 복수를 앞두고 흥분한 게 분명했다.

하지만 걱정하는 바율과 달리 란데르트 공작은 평온한 기색이었다. 오히려 기다려 보라는 듯 지그시 눈을 한 번 깜박이기까지 했다.

점점 주위 공기가 불안정하게 날뛰던 어느 순간이었다.

"킬리안!"

템페스타의 바람의 결계를 뚫고 라예가르의 음성이 전해졌다. 반가움에 일행의 고개가 일제히 허공으로 들렸다. 그곳에서는 라예가르가 서슬 퍼런 기세를 내보이며 천천히 지상으로 내려서고 있었다.

그가 일라이 못지않게 분노하고 있음을 모두가 알아보았다. 세임에게 붙잡힌 채 옴짝달싹 못 하던 드래곤들이 그의 등장만으로 겁을 먹은 게 확연하게 느껴졌다.

라예가르의 시선이 아주 잠시 바율에게 머물렀다. 바율은 그게 드래곤들을 좀 더 부탁한다는 뜻임을 알아듣고 머리를 끄덕였다.

"킬리안."

그가 아들에게 다가서며 다시 한번 녀석의 이름을 불렀다. 그러자 일라이가 벌게진 얼굴로 천천히 돌아섰다.

라예가르의 눈에 일순 광채가 일렁였다. 그래도 자신이 너무 늦지는 않았다는 데서 오는 일종의 안도감이었다.

"이제 다 끝났다. 여기서 무너지면 안 돼."

라예가르가 손을 들어 일라이의 어깨를 짚었다. 이곳으로 오는 동안, 행여나 녀석이 잘못되기라도 하였을까 봐 얼마나 가슴을 졸였는지 모른다.

자신이 칼리오페의 얕은수에 당했다는 데 수치심이나 분노 따위를 느낄 새도 없었다. 그의 머릿속에 가득했던 건 오로지 아들의 안전이었다.

"이런 버러지만도 못한 것들 때문에 네 인생을 망치지 말려무나."

라예가르는 간절하게 속삭였다.

사아악.

황금색 빛줄기가 그런 그의 손을 타고 일라이에게로 옮겨 갔다. 그것이 정확히 무엇인지는 모르겠지만, 덕분에 약간은 풀려 있던 녀석의 동공이 서서히 정상적으로 돌아오는 게 보였다.

"호흡을 가다듬거라."

라예가르의 말에 일라이의 가슴이 눈에 띄게 부풀어 올랐다가 가라앉기를 반복했다. 이런 적이 처음이 아니었는지 라예가르는 능숙하게 일라이를 안정시켰다.

"그래, 아주 잘하고 있어."

그렇게 얼마나 지났을까.

어느새 대기에 다시금 고요함이 찾아왔다. 당장이라도 폭발할 것처럼 요동치던 마나가 언제 그랬냐는 듯 잠잠해졌다.

"아빠……."

그리고 일라이에게서 중얼거리듯 작은 목소리가 흘러나왔다. 불의 검은 여전히 그의 앞에서 위용을 드러내고 있는 반면, 녀석의 안색은 창백하게 질려 있었다.

"괜찮아. 잘 참았어."

라예가르가 희미하게 웃으며 일라이의 등을 토닥였다. 녀석은 어디가 아픈 게 아니라, 제가 또 광기에 함락당할 뻔했다는 사실에 놀란 것이었다.

"혼자 두어서 미안하구나."

칼리오페를 드디어 찾았다는 데 급급해 그만 실수하였다. 놈이라면 이런 더러운 술수를 쓸 수도 있다는 걸 예상해야 했거늘. 명백한 그의 잘못이었다.

"후우…… 나 이제 멀쩡해진 거 맞지?"

조금 전 제 몸이 어떤 식으로 반응했는지 일라이는 또렷이 기억하고 있었다. 이지를 상실하기 전에 라예가르가 왔기에 망정이지, 하마터면 친구들이 보는 앞에서 정신을 놓을 뻔했다.

"당연히 멀쩡하지. 누구 아들인데."

일라이를 안심시키고자 라예가르는 부러 밝게 농담조로 대꾸했다. 하나 그와 대조적으로 그의 눈빛은 더할 나위 없이 차게 식어 있었다.

아들이 원래대로 돌아왔으니, 남은 건 감히 겁대가리를 상실하고 제게 반기를 든 덜떨어진 놈들에 대한 응징뿐이었다.

라예가르가 공중으로 날아올랐다. 그런 그에게선 일말의 망설임도 찾아볼 수 없었다.

스윽. 스으윽.

셰임의 나무뿌리가 약속이라도 한 양 서둘러 땅속으로 돌아갔다. 공포에 질린 드래곤들은 저마다 도망치기 위해 허둥지둥하며 난리였다.

그러나 이미 공간 이동은 템페스타에 의해 막힌 지 오래였고, 아무렇게나 뿌려 대는 마법 역시 한계를 뛰어넘지 못하고 아스라이 사라졌다.

쇄아아악!

이내 라예가르에게서 네 개의 빛줄기가 폭사되었다. 밤하늘을 비추는 황금색 빛깔은 일견 넋을 놓을 만큼 아름다웠다.

하지만 타락의 숲을 울리는 무시무시한 파공음은 간담을 서늘하게 만들기에 충분했다. 그저 빛줄기였지만 그 안에 어린 힘은 쉬이 짐작조차 할 수 없었다.

파핫!

곧 네 군데에서 동시다발적으로 폭발이 일어났다. 눈이 멀 것 같은 엄청난 빛의 세기에 다들 고개를 돌리며 눈을 감았다.

그리고 잠시 후, 빛이 전부 사그라지고 난 자리.

그곳엔 아무것도 없었다.

코를 찌르는 피비린내도, 찢겨 나간 살점도, 심지어 거대한 드래곤의 사체도 남아 있지 않았다. 그들이 단체로 공간 이동에 성공이라도 한 것인가 순간 착각이 일 정도였다.

하나 상대는 라예가르다.

드래곤 역사상 가장 강한 로드라는 그가 그것을 허락했을 리 없었다.

"…설마 먼지처럼 공중분해 된 건가?"

라예가르의 능력이 대단하다는 건 진작 알고 있었지만, 이런 상황은 상상해 보지 못했다.

아무리 드래곤 로드여도 그렇지, 성룡 넷을 한꺼번에 이리 간단히 치워 버릴 수 있다는 게 놀랍다 못해 경악스러웠다.

'우리 아빠가 한번 화나면 얼마나 무서운 줄 알아? 마족이나 천족 따위는 상대도 안 된다고! 드래곤들도 손 한번 까딱하면 다 죽은 목숨이야!'

평소 일라이가 버릇처럼 해 대던 말이 허풍이 아니었음을 확인하는 순간이었다.

일행이 자신을 어떤 눈으로 보고 있는지도 모른 채 라예가르는 크래말라를 향해 다가갔다. 이노센트에게 무지막지하게 맞은 탓에 겨우 숨만 붙은 상태로 기절해 있던 그녀가 어느새 깨어나 파르르 떨고 있었다.

"네 언니의 죽음을 보고도 배운 바가 그리 없더냐?"

"…사, 살려 주세요."

크래말라는 이렇게 죽고 싶지 않았다. 비굴하고 치욕스러울지언정 목숨만은 건지고 싶었다.

"세라도 그리 말했었지."

감히 제 아들에게 독약을 먹였던 그녀를 죽이고자 했을 때, 삶을 구걸하던 그 말에 마음이 약해지고 말았었다. 게

다가 당시엔 일라이를 향한 드래곤들의 멸시가 극에 달했었기에 더한 반발이 생기는 일을 막고자 가까스로 살심을 억눌렀었다.

하나 이제는 그럴 필요가 없었다. 칼리오페 패거리만 처리하면 드래곤 사회에도 평화가 찾아올 터였다.

작금이야말로 모든 걸 마무리해야 할 시기였다. 너그러운 아량 따위는 버린 지 오래였다.

파핫!

다시금 황금색 빛줄기가 폭발했다. 그리고 빛이 사라지고 난 후, 역시나 크래말라의 모습은 어디에서도 찾을 수 없었다.

"깨면 좀 더 데리고 놀 생각이었는데."

이노센트가 입술을 내밀며 투덜거렸지만, 누구도 그에 호응하지 못했다. 라예가르의 압도적인 무력을 목격하노라니 온몸에 전율이 인 탓이었다. 과연 드래곤 로드였다.

"이제 하나 남았네."

일라이의 앞에 둥둥 떠 있던 불의 검이 재차 진한 열기를 내뿜기 시작했다. 끓어오르던 광기를 다스리고 난 녀석의 표정은 한결 차분해졌지만, 살기는 여전했다. 녀석의 전신에서 격렬한 열화가 피어올랐다.

"꺼져 버려."

짧은 인사를 끝으로 검이 치솟았다. 어둑한 하늘에 불의 궤적을 그리며 한껏 솟아오르던 불의 검이, 어느 순간 돌연 방향을 바꿔 밑을 향해 전속력으로 하강했다.

푸욱!

"크하아악!"

비명과 함께 칼리오페의 드래곤 하트가 타들어 가는 소리가 고막을 때렸다. 마지막 발악이라도 하듯 입을 열고 무어라 외치려 했지만, 안타깝게도 육성으로 완성되지는 못했다.

통증으로 발작하던 그의 몸뚱이가 기어코 움직임을 멈추고 힘없이 널브러졌다. 결국 일라이의 손에 죽음을 맞이한 것이다.

기다리고 기다렸던 순간.

다음 차례는 스피넬이었다.

녀석이 턱을 들어 그녀와 눈길을 마주하자, 스피넬이 고개를 주억이며 조용히 뇌까렸다.

"소멸."

단 두 글자의 짧은 단어였다. 하지만 스피넬이 그 말 한마디를 내뱉자, 마치 재가 나부끼듯 칼리오페의 사체가 하반신부터 서서히 사라지기 시작했다.

라예가르의 마법과는 그 느낌이 완전히 달랐다. 그가 드래곤의 육신을 소거한 거라면, 스피넬은 정녕 이 세계에 다시는 발을 붙이지 못하도록 육체와 영혼 모두를 완전히 박멸하는 것처럼 보였다.

환생까지 차단한 영혼의 소멸.

어머니를 죽인 원수를 드디어 해치웠다는 감회에 일라이는 저도 모르게 울컥하며 눈물이 핑 돌았다.

그러나 마음만은 한없이 평안했다.

"고마워, 스피넬."

일라이가 눈물이 그렁그렁해서 고마움을 전할 때였다.

"방금 뭘 한 거지?"

아들의 복수를 묵묵히 지켜보고 있던 라예가르가 스피넬을 쳐다보며 물었다. 어째선지 그는 꽤 당혹한 낯빛이었다.

"불의 정령왕이 가진 고유 능력이라던데, 아빠 몰랐어? 스피넬이 나를 대신해서 놈의 영혼을 완전히 소멸시켜 준 거야."

"…정령왕의 고유 능력?"

일라이의 설명에도 라예가르의 혼란스러운 기색은 달라지지 않았다. 그가 이토록 당황하는 걸 일행은 처음 보았다.

"그런 게 있을 리가 없을 텐데……."

"없다니? 아빠, 그게 무슨 소리야?"

"불의 정령왕에게 그런 능력이 있단 얘기는 들어본 적이 없단 뜻이야."

거기까지 내뱉은 라예가르는 문득 화들짝 놀라며 이노센트를 가리켰다.

"혹시 물의 정령왕에게도 그런 능력이 생겼나?"

"이노센트에겐 치유 능력이 있습니다. 왜 그렇게 놀라시는 건가요, 이사장님?"

바율이 물었지만 라예가르는 한동안 아무 답도 하지 못했다.

전대 정령왕들에겐 없었던 능력이 새로운 정령왕에게 생긴 이유가 무엇일까?

갑자기 접하게 된 새로운 사실에 라예가르의 표정이 어느 때보다 심각해졌다.

"라이, 너 이사장님께 아무 말씀 안 드린 거야?"

"어?"

"인어국이랑 자이아에 다녀온 지 제법 됐잖아. 정령왕으로 승급한 거 말씀드리면서 당연히 고유 능력에 대해서도 말했을 줄 알았는데, 왜 아무것도 모르시는 반응인 건데?"

"그야……."

에이단의 날카로운 질문에 일라이의 눈물이 쏙 들어갔다. 그런 녀석의 뇌리로 불현듯 과거 라예가르와의 대화가 스쳐 지나가고 있었다.

　"아빠. 나 아니었으면 인어국은 그대로 사라졌어!"
　"어마무시하게 컸던 태양의 심장이 지금은, 봐. 이렇게 작아졌다니까?"
　"스피넬이 정령왕으로 승격하는 모습을 아빠도 봤어야 했는데!"
　"그 넓은 땅덩이에 퍼진 불의 기운을 죄다 끌어모아서 자기 걸로 만드는데, 나 완전 소름 돋았잖아!"
　"이노센트 녀석이랑은 비교도 안 되게 예뻐졌고 말이야!"

　돌이켜 보니 다녀와서 아버지에게 한 말이라곤 온통 자기 자랑과 스피넬에 대한 칭찬뿐이었다. 이노센트가 정령왕이 되었다는 부분도 아주 잠깐 언급하긴 했지만, 그게 다였다.
　녀석이 퀸의 동생 달리아의 다리를 낫게 한 건 분명 기쁜 일이나, 일라이에겐 굳이 따로 거론할 만큼 중요한 거리는 아니었다.

이노센트에게는 아예 관심이 없다는 말이 맞는 표현일 것이다.

"뭐야, 왜 말을 제대로 못 해?"

일라이가 우물쭈물하며 서 있자 친구들의 시선이 점차 가늘어졌다. 왠지 더 듣지 않아도 어찌 된 상황인지 알 것만 같았기 때문이다.

"이 녀석, 보나 마나 자기랑 스피넬이 잘한 일만 얘기했겠지. 안 봐도 훤하다, 훤해."

"아무리 그래도 그렇지. 라이, 넌 어떻게 그런 중요한 정보를 빼먹니?"

"맞아. 심지어 전대 정령왕들에겐 없던 능력이 새로이 생긴 거라셨잖아."

"이사장님이 이렇게 놀라실 정도면 꽤 중대 사안인 건데. 절대 단순하게 볼 문제가 아니야."

"어쩌면 정령들의 진화에 우리가 상상하지도 못한 비밀이 숨겨져 있을지도 모르겠군."

친구들이 한마디씩 뱉어 낼 때마다 일라이는 어쩐지 작아지는 기분이었다. 일부러 그런 건 아니었는데, 덩달아 아버지에게도 죄스러운 마음이 들었다.

"자세한 건 나중에 다시 이야기하기로 하고, 우선은 여길 벗어나는 게 좋을 것 같구나."

란데르트 공작도 궁금하기는 마찬가지였다. 하나 지금은 시간도 너무 늦은 데다, 밖에서 수하들이 대기하고 있었다. 날이 밝기 전에 이곳의 정리도 해야 했다.

"네, 아버지."

바율은 누구보다 머릿속이 복잡했지만, 아버지의 말씀에 동의했다. 일단은 타락의 숲을 정상화한 후 고민을 해도 늦지 않았다.

바율은 주위를 둘러보았다.

화마가 쓸고 지나간 숲은 온통 거뭇거뭇했다. 이대로 두었다간 아침에 일어나 다들 경악할 것이다. 밤사이 이곳에서 치열한 전투가 있었다는 걸 누군들 굳이 알아서 좋을 게 없었다.

작년에 이미 몬스터 난입으로 한차례 고초를 겪질 않았던가. 남은 학기 동안은 최대한 평화롭게 지내고 싶은 게 바율의 솔직한 심정이었다.

"셰임, 부탁할게요."

그의 말이 끝나기 무섭게, 타락의 숲이 서서히 변하기 시작했다. 상급 정령인 셰임에게 이제 이 정도 일쯤은 아무것도 아니리라.

바율은 미리 고맙다는 말을 남긴 뒤 일행과 함께 숲을 빠져나왔다.

"라나사!"

"…아빠?"

바율과 친구들이 숲을 나서자마자 마주한 건 만월 기사
단이었다. 개중에서도 아이작이 항시 반려 말이라 주장하
는 히포그리프 데이지를 타고 미친 듯이 달려왔다.

"이곳까지는 어쩐 일이세요?"

"몸은 괜찮으냐? 어디 다친 데는 없고?"

여상하게 묻는 라나사와 달리 아이작은 데이지의 등에서
뛰어내리며 다급히 딸의 몸을 살폈다. 그냥 딱 봐도 라나사
는 전혀 문제가 없어 보였지만, 그럼에도 아이작은 매우 꼼
꼼하게 녀석의 구석구석을 살피고 또 살피었다.

기실 그는 일 초가 한 시간인 것처럼 버티던 중이었다.
란데르트 공작이 혹시 모를 만일의 사태를 대비해 아카데
미를 지키고 있으라 명을 내리지만 않았어도 진즉에 숲으
로 뛰어들었을 것이다.

지금은 데이지가 차분한 상태지만, 조금 전까지만 해도
공포에 절어 바들바들 떨어 댔다. 하물며 템페스타의 결계
로 인해 숲 안에서 어떤 일이 벌어지고 있는지 자세히 알
방법도 없었다. 분명한 건 데이지의 반응으로 보건대 그저
그런 상대는 결코 아니란 것이었다.

일전에 드래곤과 마족의 대결을 목격한 바가 있었기에 아이작으로선 걱정이 안 되려야 안 될 수가 없었다.

"휴, 다행이다! 내가 진짜 어찌나 피가 마르던지!"

겨우 숨을 돌리던 아이작은 돌연 란데르트 공작을 향해 따져 물었다.

"앞으로는 저도 꼭 데려가십시오! 하나뿐인 딸이 코앞에 있는데 어찌 제게 대기하란 명을 내리실 수 있습니까? 너무 잔인하십니다!"

"그러는 숙부님도 제게는 잔인하신 것 같습니다만."

"…뭐?"

"조카인 저는 안중에도 없으신 듯 보여서 드리는 말씀입니다. 저도 방금까지 저 안에 있다가 왔거든요."

로건의 또박또박한 말투에 아이작은 일순 할 말을 잃었다. 녀석의 말대로, 조카뿐 아니라 라나사를 제외한 아이들에 대한 생각은 요만큼도 못 한 게 사실이었기 때문이다.

본디 부모에게 자식이란 다 소중한 법이지만, 아이작에게 라나사는 유독 특별한 딸이었다. 얼마 전까지만 해도 세상에 있는지조차 몰랐던 아이였으니까. 게다가 녀석의 어미이자 그에겐 이제 아내가 된 클로에 역시 죽은 줄로만 알았다. 그래서 그는 그동안 아무런 희망도 없는 삶을 살았다.

늦게 배운 도둑이 날 새는 줄 모른다고 하더니, 그가 딱 그랬다. 아리따운 아내도, 귀여운 딸도 아이작에겐 없어서는 안 될 세상에서 가장 귀한 보물이었다.

그래도 작금의 사태에 그걸 곧이곧대로 드러낼 수는 없는 노릇.

해서 아이작은 때늦은 핑계를 급조했다.

"크흠! 로건, 너는 이 숙부가 믿고 있었다. 세이모어가의 장남이면 이런 상황쯤은 가뿐히 이겨 내야지."

"드래곤이 여덟 마리나 나타났는데도요?"

"뭐어? 드, 드래곤? 그것도…… 여덟이나?"

아이작의 몸이 재차 딸에게로 빠르게 돌아갔다.

"라나사, 진짜 괜찮은 것이냐? 손을 이리 주거라. 더 자세히 보아야겠다!"

"보시다시피 저는 멀쩡해요. 어쩌다 보니 배를 한 대 걷어차이긴 했지만, 원래 싸우다 보면……."

"배, 배를 걷어차여?"

아이작의 전신에서 살기가 피어올랐다.

"감히, 한낱 도마뱀 따위가……!"

상대가 눈앞에 있다면 당장 덤비고도 남을 태세였다. 오늘도 여지없이 발휘되는 아이작의 팔불출 증상에 라나사는 한숨이 새어 나오려는 걸 겨우 참았다.

저를 아껴 주시는 아버지의 사랑은 무척이나 감사하나, 이런 식으로 나올 땐 다소 골치가 아픈 것도 사실이었다.

그녀는 익숙하게 화제를 돌렸다.

"아빠, 저랑 로건의 합공으로 드래곤을 무찔렀어요. 제가 직접 놈의 드래곤 하트에 이 검을 박아 넣었다고요!"

"…네가 말이냐?"

"네! 아직도 그 느낌이 잊히지가 않아요."

라나사에겐 어찌 보면 첫 살생이었다. 몬스터와 싸운 적은 있었지만, 드래곤이 인간형의 모습을 하고 있었던 탓인지 기분이 조금 묘하긴 했다.

물론 그 감정은 자책과는 결이 달랐다. 오히려 온몸이 저릿저릿할 정도의 쾌감을 느꼈다. 겉모습이 어떻다 한들 그 속은 죄 없는 동족 아이를 죽이려던 드래곤임을 알고 있었으니까.

아직 아카데미를 졸업하지도 않았거늘, 벌써 정식으로 기사 작위를 받은 듯한 고양감마저 들었다.

"아주 잘 싸우더구나."

위험한 국면에 처하면 언제든 끼어들 채비를 한 채 아이들의 전투를 지켜보았다. 녀석들에게도 경험을 주고자 함이었다. 그런 란데르트 공작의 눈에 로건과 라나사의 합공은 거의 만점에 가까웠다.

"감사합니다, 공작 전하."

공작의 칭찬에 라나사의 볼이 불그스름해졌다. 우상이자 제국의 살아 있는 전설이라 불리는 공작에게 이런 말을 듣다니, 그녀는 황송해서 이루 말할 수가 없을 지경이었다.

"그리고 로건은…… 축하한다. 드디어 한계를 뛰어넘었구나."

"역시…… 알고 계셨군요."

란데르트 공작의 시선이 로건의 손에 들린 단검에 가 닿았다. 그에 응답이라도 하듯 기드온이 희미한 빛을 내뿜었다.

"한계를 뛰어넘었다니? 로건, 그게 무슨 소리야?"

바율과 일라이는 물론, 퀸까지 로건의 달라진 변화를 눈치챘다. 기실 녀석뿐 아니라 라나사도 무슨 까닭인지 전과는 비교할 수 없는 기운이 넘쳐흐르고 있었다.

다만 그것이 태고의 신물인 천사의 날개와 에고 소드인 기드온과 관련이 있을 거라고 대충 짐작할 뿐이었다.

그러나 친구들과 달리, 에이단은 전혀 아무것도 느끼지 못했다. 그러잖아도 잉그리드를 탄 채 허공에서 맥없이 싸움만 구경하다 끝났다. 같은 기사학부이면서도 로건과 라나사처럼 항상 검을 들고 다니지 않았던 스스로를 내내 한탄만 하면서.

도서관 일을 하는 데 거추장스러워서 그런 것이지만, 그게 오늘만큼 아쉬웠던 적이 없었다. 도저히 끼어들 틈이 없어서 녀석이 한 거라곤 그저 위에서 응원하는 일뿐이었다.

"기드온을 좀 더 자유자재로 다룰 수 있게 되었다는 얘기야."

"기드온이라면, 네 에고 소드?"

"응, 여태까지는 그저 평범한 무기에 불과했거든."

"아…… 그런데?"

"이젠 기드온한테서 엄청난 기운이 느껴져. 나도 이런 막대한 힘이 담겨 있는지 전혀 몰랐어."

로건은 아직도 조금 얼떨떨했다. 하지만 그의 본능이 말하였다. 이건 시작에 불과하다고. 앞으로는 더 강해질 거라고.

"오! 역시 내 조카다! 기드온이 널 택했을 때부터 이런 날이 올 줄 알았지!"

"숙부님, 저도 위험한 상황이 몇 번 있었습니다."

"…남자가 흉 하나 정도는 있어도 되지. 암!"

어릴 때부터 약한 소리라곤 입에도 담지 않던 녀석이 당최 오늘따라 왜 이러는지 모를 일이었다.

로건이 제 부모의 속을 썩이는 숙부에게 소심한 복수를 하는 것인 줄도 모르고, 아이작은 어색하게 웃으며 그저 장하다는 듯 조카의 어깨를 두드렸다.

"가족 상봉은 이쯤에서 마무리하기로 하고, 너희들은 이제 그만 기숙사로 돌아가거라."

어느새 이토록 시간이 흐른 건지, 벌써 동이 트려 하고 있었다. 간밤의 사건을 비밀에 부치기로 한 이상 더는 머뭇거릴 틈이 없었다.

"자세한 이야기는 주말에 하도록 하자꾸나."

아직 천족에 대한 얘기를 명확히 듣지 못했다. 지금은 평범한 학생의 모습으로 돌아왔지만, 공작은 이미 알레그리아의 진체를 목도했다. 일행의 편에서 드래곤과 함께 맞서 싸웠다고는 하나, 그것만으로 신뢰가 당장 생기지는 않았다. 그리 쉽게 믿기엔 그들에게 당한 바가 너무 강렬했다.

"저도 주말에 찾아뵙지요."

공작의 눈빛에 담긴 무언의 요구를 용케 알아듣고 알레그리아가 말했다.

"나도 가지."

정령왕의 새로운 능력을 알고 내내 심각한 표정이던 라예가르도 무겁게 한마디 했다. 그는 지금부터 레어에 처박혀서 고서를 있는 대로 뒤져 볼 참이었다. 혹 자신이 모르는 정보가 어딘가에 숨어 있을지도 몰랐기에.

"그럼 쉬거라."

바율과 친구들에게 짧은 인사를 건네곤 란데르트 공작과 만월 기사단이 먼저 자리를 떴다. 그 와중에 라나사는 마지막까지 꾸물거리는 아이작을 겨우 달래서 보내야만 했다.

그리고 잠시 후, 동쪽 하늘에 서서히 여명이 밝아 왔다. 쥐 죽은 듯이 고요하던 기숙사가 부산해지는 데는 얼마 걸리지 않았다. 곧 있을 중간고사를 대비하기 위해선지 꽤 많은 학생이 아침부터 부지런하게 움직였다.

"…응?"

그러던 찰나, 스톤라이언의 학생 하나가 지나가다 복도에 난 창 앞에서 멈칫했다.

"왜 그래?"

"저기…….."

그가 가리키는 건 창문 밖에 펼쳐진 타락의 숲이었다.

"원래 숲이 저렇게 울창했던가?"

"흐음…… 글쎄……."

둘의 고개가 모로 기울어졌다. 숲이 하루 사이에 어떻게 될 리가 없다는 걸 잘 알면서도, 오늘따라 무언가 이질감이 든 것이다. 매번 보던 숲이거늘, 어쩐지 더 웅장해진 듯한 느낌이랄까?

"에잇, 모르겠다. 기분 탓이겠지, 뭐. 얼른 씻고 시험공부나 하자."

타락의 숲을 아끼는 마음에 셰임이 그답지 않게 흥분해서 힘 조절에 실패했다는 걸 학생들은 아마 영원히 모를 터였다.

　간밤의 살벌했던 흔적은 이제 그 어디에서도 찾아볼 수 없었다.

Chapter 10.
돌아온 마황

1.

"이노센트, 처음에 달리아를 치료할 생각은 어떻게 한 거야?"

"어떻게 한 거냐니? 그냥 다리 한쪽이 없는 게 딱해서 그런 건데?"

"…그게 전부야?"

"응! 달리아는 아주 순수한 기운이 느껴지는 예쁜 아이잖아. 그래서 꼭 원래대로 고쳐 주고 싶었어."

"그랬구나…… 그날 이노센트도 들어서 알겠지만, 전대 물의 정령왕에겐 그런 능력이 없었대. 그런데 왜 갑자기 생긴 걸까?"

"…바율, 내가 치료 능력이 있는 게 싫어?"

"뭐? 아니. 그건 아니야!"

"근데 그런 걸 왜 고민해? 나는 이제 바율 아프면 걱정 없이 직접 낫게 해 줄 수 있어서 좋은데 말이야. 그 얄미운 용 새끼, 아니, 헤즐링도 바율이 부탁해서 치료해 줬는데…… 이제 그런 거 하지 말까?"

"이노센트, 오해야. 난 그저 기존에는 없던 능력이 생겼다니까 궁금해서 그런 거지, 절대 싫지 않아. 오히려 얼마나 감사한데! 물의 정령왕에게 딱 어울리는 능력이잖아."

"그렇지? 바율 생각에도 내 능력이 멋진 거 맞지?"

"그럼. 그럼. 그러니 절대 시무룩할 필요 없어. 알겠지?"

"응!"

"야, 너 물귀신! 너 지금 일부러 그런 거지?"

"뭐?"

"바율한테 칭찬받으려고 괜히 안 하니 뭐니 하면서 맘에도 없는 말 한 거 아니냐고!"

"너 또 샘나서 그러냐? 그렇게 부러우면 얼른 정령왕 되면 되겠네! 왜 그러지도 못하면서 괜히 나한

테 자꾸 시빈데? 앙? 내가 만만해 보여? 너도 지난
번 물 주먹맛 좀 보여 줘?"

"…나 샘 안 나거든? 나도 곧 왕이 될 텐데, 왜 샘
이 나?"

"그래? 근데 어쩌지? 정령왕이 되어 봤자 네 고
유 능력은 별거 아닐 게 분명한데. 그때 가서 쪽팔린
다고 울지나 마라!"

"뭐, 뭐야? 쪽?"

"이노센트! 템페스타! 그만! 가뜩이나 머리 아픈
데 제발 오늘만이라도 그러지 말아 줘."

"바율 님, 많이 아프십니까?"

"바율, 머리가 아파? 내가 치료해 줄까?"

"바율, 내가 시원한 바람 불어 줄게. 열 식혀야겠
다!"

"바율, 모든 변화에는 그에 합당한 이유가 있는
법입니다. 하니 당장 까닭을 찾지 못할 사안 때문에
너무 고심하지 마십시오."

"다들 고마워. 셰임도 고마워요. 아, 이렇게 된 거
스피넬에게도 물어볼게. 너도 이노센트처럼 그냥 자
연스럽게 영멸이라는 힘을 쓰게 된 거야?"

"네, 바율 님. 자이아에선 미처 몰랐지만, 라이

님을 죽이러 온 드래곤들을 마주한 순간 그리고 싶은 욕구가 생겨났습니다. 그럴 수 있다는 확신과 함께."

"환생조차 할 수 없는 영원한 죽음의 형벌…… 그게 누구에게나 가능한 걸까?"

"안 그래도 그 점이 궁금해서 전대 불의 정령왕을 뵙게 되면 여쭤보고 싶었는데…… 그러긴 힘들겠네요."

"그러게. 아무래도 스피넬이 차차 알아 가야 할 것 같아. 지금은 모든 게 의문투성이니까."

어젯밤 사대 정령과 심도 있는 대화를 나누었지만, 별 소득이 없었다.

이노센트와 스피넬은 새로 생긴 고유 능력을 그저 '할 수 있어서 한 거다'라고 단순 명료하게 대답했다. 당연히 바율은 거기에 아무 대꾸도 할 수 없었다.

어쨌든 새로운 정령왕이 탄생하면서 보다 진화된 능력을 갖췄다는 건 득이면 득이지, 결코 실이 될 일이 아니었다. 그 힘들이 천계와의 전쟁에서 큰 보탬이 될 거라는 건 너무나 자명한 사실이었다.

금일 저녁, 어쩌면 왜 이전에는 없던 것이 생겨났는지 그 이유를 알 수 있을지도 몰랐다. 아버지와 라예가르, 그리고 천족인 알레그리아까지 모두 모이기로 약조한 날이 바로 오늘이었으니까.

다음 주 월요일부터 중간고사가 시작되거늘, 바율은 좀처럼 집중할 수가 없었다. 정령들의 고유 능력도 능력인 데다, 알레그리아를 어떻게 대해야 할지 아직 결정하지 못했기 때문이다.

만약 그녀가 한 말이 몽땅 진실이라면 알레그리아 역시 계략에 빠진 꼴이었다. 그것도 아버지인 주신이 꾀한 계책에.

그대로 천계로 돌아간다면 그녀는 무사할 수 있을까.

생각에 꼬리가 꼬리를 물자 바율은 저도 모르게 깊은 한숨을 내쉬었다.

"휴우!"

문제는 지금이 수업 중이란 점이었다. 그것도 바율 놀리기에 상당한 재주가 있는 로티어스 교수의 역사 강의 시간이었다.

그러잖아도 바율이 딴생각에 빠져 있다는 걸 일찍이 눈치챘던 그가 비스듬히 입꼬리를 올리며 바율을 호명했다.

"바율, 한숨 소리가 여기까지 들리는구나. 그건 내 수업이 지루하다 못해 하품이 나올 정도로 재미가 없단 뜻이겠지?"

"…예에?"

갑작스러운 호명에 놀라기도 잠시, 바율은 황급히 손을 내저으며 부정했다.

"아닙니다, 교수님! 역사 수업을 제가 얼마나 좋아하는데요."

"그런데 왜 집중을 제대로 못 하실까?"

"아, 그건……."

"혹 란데르트 공작 전하 때문이냐?"

난데없이 튀어나온 아버지 얘기에 바율은 멍해질 수밖에 없었다. 역사 수업 시간에 종종 거론되시기는 하나, 근래 배우는 내용과는 전혀 상관이 없었기 때문이다.

더욱이 이런 식으로 아버지에 대한 주제가 나오면 자연스레 아들인 바율에게도 학생들의 관심이 쏟아지기 마련이었다.

바율이 누구인지를 다시금 자각한 아이들의 부러움에 찬 눈빛과 동경 어린 시선들. 그 속엔 간혹 질투가 섞여 있기도 했지만, 대체적으로 호의가 담긴 과한 관심이었다.

역시나 지금도 란데르트 공작의 파급력은 대단했다. 그 이름만으로 강의실의 모든 눈길이 바율에게로 쏠린 것이다.

수업에 집중하지 못하는 이유가 어째서 란데르트 공작

전하 때문이라는 걸까?

그들의 눈엔 하나같이 그런 궁금증이 어려 있었다.

"아무리 아버지가 보고 싶어도 그렇지, 시험을 코앞에 둔 학생이 잡념에 빠지면 쓰나!"

"…네?"

바율은 대관절 이게 무슨 뜬금없는 소리인가 싶었다.

"란데르트 공작 전하께서 캐링스턴 저택에 와 계신다는 소식을 들었다. 하나뿐인 아들이 얼마나 보고 싶었으면 국정 일만으로도 바쁘신 분이 갑자기 이 먼 데까지 찾아오셨을까."

"…알고 계셨습니까?"

한쪽 눈을 찡긋거리는 모양새로 보아, 아버지가 먼저 연락을 하신 게 틀림없었다. 교수님께 따로 전할 말씀이 있으신 듯하다.

그러면 그냥 조용히 만나러 가시지, 왜 이런 자리에서 공개적으로 말씀하시는 겁니까?

저도 어디 한번 교수님의 진짜 정체에 대해 발설해 볼까요?

바율이 원망과 위협(?)이 뒤섞인 눈초리로 쳐다보자 로티어스 교수가 코웃음을 치며 맞대응했다.

그러게 자존심 상하게 누가 딴짓하래?

어디 해 볼 테면 해 보시든가.

나도 그냥 얌전히 당하고 있지만은 않을 테니.

자신의 수업에 강한 프라이드를 가진 로티어스 교수는 수업 중 누구라도 딴청 피우는 걸 용납하지 않았다.

그걸 알면서도 굳이 지금 정령들과의 대화를 곱씹었던 게 바율의 실책이었다. 엄밀히 따지자면 저도 모르게 생각이 난 것이었지만.

네, 교수님을 누가 말리겠어요. 제자인 제가 잘못했습니다.

바율이 빠르게 항복을 선언할 때였다.

"대박! 란데르트 공작 전하께서 캐링스턴에 오셨대!"

"그럼 이번 가을 축제 때도 참석하시는 건가?"

"와! 그러면 정말 좋겠다!"

"내 평생 소원이 공작 전하를 가까이에서 실물로 영접하는 거야! 작년에는 먼발치에서밖에 못 뵈었거든! 그렇게만 봐도 멋지셨는데, 자세히 뵈면 또 얼마나 대단하실까?"

"바율은 완전 좋겠다. 태어나니 아버지가 란데르트 공작 전하야. 전생에 나라를 구한 건가?"

"야, 게다가 본인도 엄청난 능력을 갖춘 정령사잖아. 나라뿐이겠냐? 아마 이 세계를 구했겠지!"

"바율은 지금도 그러고 있어."

"아, 깜박했다. 그렇지?"

강의실 내부가 순식간에 소란스러워졌다. 아버지가 캐링스턴에 오신 것만으로도 이 지경인데, 어젯밤 드래곤과의 혈투에서 승리하신 걸 알면 대체 어떤 반응을 보일까.

아버지의 수많은 별칭 앞에 드래곤 슬레이어란 사소한 타이틀이 하나 더 붙을 뿐이지만, 그 사건만으로도 온 나라가 들썩일 거란 사실은 불 보듯 뻔했다.

제국민들에게 아버지의 존재란 어린 시절 바율이 상상했던 것 이상임을 이제는 너무나 잘 알고 있었다.

간밤의 일을 비밀에 부치기로 한 건 여러모로 탁월한 선택이었음을 몸소 실감했다.

"바율, 너 그 생각 중이었던 거지?"

실내가 어수선해진 틈을 타, 같이 수업을 듣던 일라이가 바율의 어깨를 툭 치며 물었다.

"응, 뭐…… 그렇지."

"정령들은 뭐 아는 거 없대?"

일라이의 옆에서 머리 하나가 삐쭉 튀어나왔다. 에이단이었다. 지난 싸움에서 자기는 한 게 없다며 녀석답지 않게요 며칠 우울해하더니만, 다행히 오늘은 좀 나아 보였다.

"그냥 할 수 있어서 했다고들 하더라고."

"와, 할 수 있어서 했다? 굉장하구먼!"

단순한 말이기도 하지만, 누구나 할 수 없는 말이기도 했다.

　"이쯤 되니까 셰임이랑 템페스타에겐 진짜 어떤 능력이 생길지 무지 기대된다! 내가 다 설레!"

　"그건 그런데…… 나는 좀 걱정이야."

　"없던 능력이 생겨서?"

　"응, 당장 나쁠 건 없겠지만…… 어째서 이렇게 된 건지, 혹시 이게 뭔가를 대비해야 한다는 경고의 뜻은 아닐까 하고……."

　"대비라면, 천계와의 전쟁을 말하는 건가?"

　"단정할 순 없지만, 그냥 문득 든 생각이야."

　수만 가지 상념이 바율의 머릿속을 어지럽게 떠돌고 있었다. 개중 한 가지를 말했을 뿐이다.

　"일리는 있어."

　그때 바율의 옆에서 팔짱을 낀 채 아무 말 않던 퀸이 고개를 끄덕였다.

　"정령계는 이미 주신에 의해 한 번 멸망했어. 현재는 바율로 인해 다시 살아나고 있는 셈이지. 그러니만큼 당연히 전보다 더 큰 힘이 필요하지 않을까?"

　"그러니까, 정령계를 멸망시킨 주신과의 전쟁에서 이기기 위해 말이지?"

"음. 게다가 바율은 이미 정식으로 인정받은 정령사인 동시에 절망의 신전의 성현이야. 그러나 우린 그것 말고도 녀석에게 어떤 능력이 더 있는지 알고 있잖아?"

"그래, 맞아. 잊고 있었다. 그러고 보니 너, 마족의 힘도 쓸 수 있었지?"

그간 그 능력을 발휘할 일이 좀처럼 없어서 미처 떠올리지 못했다. 바율은 무려 마계 총사령관인 데스와 마황인 크루델리스의 권능까지 사용 가능한 사기적인 능력의 소유자였다.

"설마 그런 게 정령들에게 영향을 끼친 걸까?"

"가능성은 있지 않겠어?"

"에휴, 난 모르겠다. 어차피 여기서 우리끼리 떠들어 봤자 답이 나오겠냐? 우리 아빠가 나섰으니 저녁이면 이 비밀이 풀리겠지. 그러니 그만들 하고 앞이나 봐라. 교수님이 또 쳐다보신다."

일라이의 지적에 바율은 다급히 정자세를 취했다. 녀석의 말대로 로티어스 교수님이 이쪽을 주시하고 계셨다.

다만 더 이상 장난을 치실 생각은 없으신 듯, 빙그레 웃으시곤 눈길을 거두셨다.

설마 이따가 교수님까지 오시는 건 아니겠지?

결과적으로 바율의 그 추측은 완전히 빗나갔지만, 그렇

다고 아예 틀렸다고 말할 수도 없었다. 약속하지 않은 인물이 한 명 더 추가되었기 때문이다.

"크리스 씨……?"

마계에 볼일이 있다며 한동안 자리를 비웠던 마황 크루델리스가 돌아온 것이다. 그의 머리 위에선 마황의 애검 엘라움이 언제든 쏟아질 태세로 차디찬 냉기를 풀풀 뿜어냈다.

그리고 그의 맞은편.

천족 알레그리아가 처음 만났던 때의 모습으로 고아하게 앉아 그런 마황을 똑바로 응시하고 있었다.

"크, 크리스 씨!"

바율은 일단 마황과 알레그리아의 사이로 무작정 뛰어들었다. 실내에는 그들 말고도 란데르트 공작과 라예가르가 더 있었지만, 둘은 크루델리스를 말릴 생각이 전혀 없는 듯했다. 오히려 긴 다리를 나란히 꼬고 앉아 관망하듯 지켜보는 중이었다.

"이제 와? 좀 늦었네."

친근한 말의 내용과 달리, 알레그리아를 향한 크루델리스의 싸늘한 표정은 조금도 변하지 않았다. 그 와중에 바율에게 알은체를 했다는 게 외려 장할 지경이었다.

"시험 기간이라 공부해야 해서요. 일단 그 검부터 좀 내려놓으시겠어요?"

"그건 안 되겠는데."

"크리스 씨, 지금 이 자리는……."

"정령계를 멸망시킨 천족, 개중에서도 주신의 딸이다. 다프네를 죽인 원수나 다름없는 년이 내 앞에 제 발로 걸어 들어왔는데, 나보고 그걸 그냥 보고만 있으라고? 설마 진심이라면 바율 너에게 실망할 것 같은데."

마황의 은백색 눈동자가 살의로 번뜩였다.

"나를 몰라도 너무 모르는군."

엘레오스 때와는 상황이 달랐다. 이미 주신이 먼저 이렇게까지 개입한 이상, 더는 몸을 사릴 필요가 없었다.

크루델리스는 대체적으로 자비로운 편이지만, 엄연히 마계의 수많은 마족을 다스리는 마황이었다. 저와 뜻이 달랐다 하여 아비의 목숨을 직접 제 손으로 거둘 만큼 냉혹한 성품의 소유자이기도 했다.

갑작스레 내부의 온도가 뚝 떨어졌다. 마황의 전신에서 한기가 끓어오른 탓이다. 그를 중심으로 새하얀 서리가 내리기 시작했다.

바율은 이미 앞서 본 적 있는 모습에 직감했다.

그는 멈추지 않을 거야.

이전과는 비교조차 할 수 없는, 완전히 그 기저가 다른 강한 분노가 마황에게서 느껴졌다. 까딱했다간 저택뿐 아니라 캐링스턴 자체가 붕괴될 것만 같은 어마어마한 기운이 그에게서 뿜어져 나왔다.

그래서였을까.

"크루, 진정해."

느닷없이 바율에게서 낯선 말투가 흘러나왔다. 눈동자의 색 역시 어느덧 파랗게 바뀌었다. 그에 여태껏 가만히 앉아 있던 란데르트 공작이 벌떡 일어섰다.

전대 정령왕들이 바율의 몸을 통해 가끔 현신할 때가 있다고 일전에 듣기는 했다만, 실제로 보는 것과는 엄청난 차이가 존재했다.

"기다려 보게."

공작이 다가가려는 걸 라예가르가 손을 들어 말렸다. 어차피 한 번은 거쳐야 할 과정이었다.

"…다프네?"

그토록 바라 마지않던 그녀와의 재회가 다시금 성사되는 순간이었다.

실내를 채우던 차가운 공기가 거짓말처럼 사라졌다. 크루델리스가 평소 그와는 어울리지 않는 가냘픈 음색으로 옛 연인의 이름을 겨우 내뱉었다.

"보고 싶었어."

마황의 얼굴이 기괴하게 일그러졌다. 보고 싶었다는 그 말 한마디에 많은 추억이 그의 머릿속을 주마등처럼 빠르게 스쳐 지나갔다.

행복했던 그녀와의 한때.

화가 나 토라진 모습까지도 사랑스럽게만 보이던 시절.

처음으로 그의 세계가 완벽하게 완성되었다고 여겨졌던 그때가 떠오르자 크루델리스의 신형이 갈대처럼 흔들렸다.

이제는 결코 돌아갈 수 없다는 걸 잘 알기에 더욱 사무치게 그리운 나날이었다.

"잘 지냈지?"

"너는…… 너라면 그럴 수 있었겠어?"

그에겐 전부였던 여인이었다. 인간계에 유희를 나왔다가 우연히 마주한 물의 정령왕. 크루델리스는 그녀를 보자마자 대번에 마음을 빼앗겼다. 그 평생 최초로 느껴 본 감정이었다.

"나는 이제 괜찮아."

마황의 떨리는 목소리와 달리, 다프네는 시종일관 침착했다. 그녀 역시 여유롭게 대화하며 회포를 나누고 싶었지만, 남은 시간이 별로 없었다. 그렇기에 애써 차분하려 노력한다는 걸 바율은 어렴풋이 헤아렸다.

"내 뒤를 이을 물의 정령왕이 드디어 탄생했거든."

"…물의 정령왕?"

"응, 크루가 없던 사이에 그렇게 됐네."

마황이 마치 이노센트를 찾아내기라도 하려는 듯 서둘러 사방을 살피었다. 하나 이 자리에 굳이 정령들을 데려올 필요는 없었다. 해서 녀석들은 현재 아카데미 내 각자 좋아하는 장소에서 나름의 방식으로 휴식을 취하고 있었다.

당연히 크루델리스가 열심히 둘러봐도 보이는 건 문가에 선 채 들어오지도 못하고 있는 바율의 친구들과 원래부터 있던 공작 일행이 전부일 수밖에 없었다.

혼란스러워하는 마황의 귀로 다프네의 차분한 음성이 이어졌다.

"이제는 정말로 천계와의 전쟁을 대비해야 해. 이전처럼 실패하지 않으려면 천족의 도움 역시 필요하고. 크루, 내 말 무슨 뜻인지 알지?"

"…미안해."

기실 정령계를 멸망시킨 건 천족의 짓이지만, 그들이 그리 빠르게 무너진 데는 동맹을 맺었던 마계의 배신이 한몫했다.

그것이 자신이 누구보다 존경하던 아버지가 주도한 행위였다는 사실을 떠올릴 때마다 크루델리스는 아직도 깊은 혐오감을 느꼈다.

"늦게 사과해서…… 더 미안해."

"난 괜찮다고 했잖아."

죽고 없는 상대에게 미안하단 말을 어찌 전할 수 있었겠는가. 때늦은 마황의 진심 앞에서 다프네는 여러 번 괜찮다고 달래 주었다.

"내게 시간이 별로 없어."

그리고 결국 그 말을 내뱉어야만 했다.

"……!"

지금 이 만남이 영원할 거란 생각을 한 건 아니었지만, 크루델리스에겐 너무나 짧은 시간이었다. 제발 가지 말라는 말이 목구멍까지 넘어왔다. 하나 투명한 물기가 맺힌 푸른 눈을 마주한 순간, 그는 아무런 말도 할 수가 없었다.

"또 올게."

마황은 알고 있었다. 그에게는 다프네가 전부였지만, 그녀에겐 늘 정령계가 최우선이라는 사실을. 그리고 그다음이 저였다는 것을.

하지만 원망한 적은 없었다. 다프네는 물의 정령왕이었고, 그녀는 누구보다 인간계를 아끼고 사랑했다. 그런 이타적인 모습마저 그는 그저 좋았다.

털썩.

바율의 눈동자가 서서히 본래의 색으로 돌아왔다. 마황은 넋이 나가기라도 한 듯 힘없이 소파로 주저앉았다. 그의 애검 엘라움도 어느새 사라지고 없었다.

"또 올게."

다프네의 마지막 말만이 귓가를 맴돌았다. 격정이 휘몰아쳤다. 다시는 만날 수 없을지도 모른다고 생각했었기에 도무지 가슴이 진정되질 않았다. 누가 정신 좀 차리게 한 대 세게 때려 주었으면 좋겠다는 터무니없는 생각이 들 정도였다.

"하핫! 데스 녀석이 없다는 게 이렇게 아쉬울 수가."

"세상의 슬픔이란 슬픔은 죄 끌고 온 것 같은 표정을 지을 때는 언제고, 갑자기 웃고 난리야? 마황 아저씨, 미쳤어요?"

크루델리스가 무엇 때문에 웃는지도 모르고 일라이가 성큼 안으로 들어서며 불퉁하게 물었다. 데스에겐 여전히 반말을 찍찍 갈기는 녀석이지만, 일전의 사건으로 마황에겐 그나마 최소한의 예의를 차리고 있었다.

"라이."

"왜."

바율은 아무 말 하지 말라는 양 일라이를 보며 고개를 가로저었다. 마황의 심정이 지금 제가 느끼는 이것과 같다면, 그에겐 잠시 추스를 시간이 필요했다. 잠깐이었지만 다프네를 통해 느낀 감정은 바율로선 감히 헤아릴 수도, 판단할 수도 없을 만큼 깊은 슬픔이었다.

"이제 내 아들로 돌아온 것이냐?"

"…네, 아버지."

그러고 보니 아버지는 이런 자신을 처음 보신다. 바율은 부러 란데르트 공작을 향해 웃어 보이며 저의 무사함을 확인시켰다.

"싱겁게 끝났군."

라예가르의 시큰둥한 발언에 알레그리아는 그저 어깨를 으쓱였다. 사실 마황의 등장에 그녀는 내심 당황했었다. 언제고 마주칠 거라곤 예상했지만, 그때가 오늘일 줄은 몰랐기 때문이다.

거기에 조금 전, 바율을 통해 전대 물의 정령왕이 잠시 나타났던 건 꽤 흥미로웠다. 제 눈으로 직접 보지 않았다면 쉬이 믿을 수 없을 만큼 기이한 장면이기도 했다.

훗날 아버지가 이걸 아신다면 어떤 표정을 하실지도 매우 궁금했다. 주신을 떠올리는 그녀의 눈빛은 전과 달리 매서운 기색이 엿보였다.

"며칠 사이 분위기가 좀 달라진 것 같은데."

알레그리아에게 말을 거는 라예가르는 뭔가 해명을 바라는 투였다. 어째서 자신이 칼리오페의 계략에 놀아났는지 짤막하게나마 그 전말을 들어야 했다.

그 뜻을 알아챈 듯 알레그리아가 바로 대답했다.

"간단하게 말할게요. 짐작하고 있겠지만, 내가 실수했습니다."

"실수?"

"그래요. 멍청했어요. 난 아버지를 속이고 있으면서, 그가 날 시험대에 올릴 거라곤 생각도 하지 못했으니까."

"그러니까, 그쪽은 일이 그렇게 돌아갈지 전혀 짐작조차 하지 못하고 있었다?"

"믿을 수 없겠지만 사실입니다."

믿었던 수하에게 배신당한 것치고 알레그리아의 안색은 의아하리만치 덤덤했다. 그 같은 태도에 의심이 더해지려는 찰나, 그녀가 승부수를 던지듯 물었다.

"태고의 신물, 몇 개나 남았죠?"

"…그게 왜 필요한지는 당연히 알고 묻는 건가?"

"물론이죠."

열두 개의 신물을 모으면 그녀의 아버지, 주신을 죽일 수 있다고 했다. 돌이켜 보면 처음 그걸 알려 준 것도 그녀의 오라비인 엘레오스였다. 눈앞의 이 천족은 또 무슨 꿍꿍이인 건지 속을 짐작하기 어려웠다.

"여태 우리가 모은 건 총 열 개입니다."

"그러면 남은 게 두 개란 소리군요."

바율의 답변에 알레그리아의 입가에 희미한 미소가 번졌다.

혹 나머지 신물의 행방에 대해 알고 있는 것일까?

자신감이 느껴지는 그 미소에 바율이 그런 생각을 할 때, 역시나 그녀에게선 짐작했던 말이 흘러나왔다.

"어디 있는지 내가 알고 있습니다. 신물이 있는 곳으로 안내하죠. 아버지와 난 무관하다는 걸 다시 한번 증명하겠습니다."

"장소가 어디지?"

란데르트 공작은 여전히 의심의 눈초리를 거두지 않았다. 그의 음성은 마치 베일 듯 칼날처럼 날카로웠다.

"대륙 남단의 밀림 구역입니다."

"거기라면…… 설마?"

"망각의 지대를 말하는 거야?"

국토로 따지면 본래 드와이어트 제국의 땅이었다. 하나 지도상으로만 그럴 뿐, 그곳은 세상에 알려지지 않은 위험천만한 동식물들이 살아가는 대륙 최고의 무법 지대였다.

들어가면 오로지 생존만이 목표가 되고 그 외의 모든 걸 잊는다고 해서 아주 오랜 시절부터 망각의 지대라 불리는 곳이다.

마계 생명체 변신수의 피를 이은 잉그리드도 어쩌면 그곳에서 태어났을지 모른다. 녀석의 고향으로 짐작되는 땅에 가 볼 수 있다는 생각에 그곳이 얼마나 위험한 구역인지 자세히 생각해 볼 겨를도 없이 에이단이 무작정 외쳤다.

"당장 찾으러 가자! 그것만 얻으면 이제 하나가 남는 거잖아!"

"에이단, 흥분하지 말고 앉아."

"그래. 이 또한 함정일 수도 있다고. 저 여자를 그렇게 쉽게 믿어?"

알레그리아의 태도는 어딘지 애매했다. 믿자니 의혹이 완전히 가시지 않고, 안 믿자니 또 저 자신감 넘치는 태도가 찝찝하다.

결정적으로 사악한 이를 알아본다는 엘라륨이 아무런 반응을 하지 않는다. 그렇다는 건 그녀가 진심이라는 뜻일 텐데, 천족이라는 정체가 걸림돌로 작용했다.

"함정이라고 해도 갈 수밖에 없을 겁니다."

"…그건 무슨 뜻입니까?"

"하나가 아니라 둘이거든요."

"둘?"

"네. 남은 두 개의 신물을 모두 한꺼번에 얻을 수 있을 거란 의미입니다."

바율은 그제야 알레그리아가 왜 이토록 당당한지 깨달았다.

태고의 신물이 완전체를 이룬다.

현재 이보다 바율을 현혹할 수 있는 건 어디에도 없었다.

"만약 거짓이라면 이번에야말로 진정 혹독한 대가를 치러야만 할 것이다."

란데르트 공작에게서 미미한 살기가 흘러나왔다. 남은 태고의 신물을 모두 얻을 기회였다. 설령 알레그리아의 말처럼 함정이라 하더라도 그들로서는 당장 다른 선택지가 없었다.

"내 미래는 이미 그대들에게 달렸습니다. 아버지를 없애지 못하면 나 역시 목숨을 보장받지 못할 테니까요."

"주신이 당신을 죽일 거란 뜻입니까?"

"아무리 배신을 했기로서니, 그래도 딸인데 아무렴 그렇게까지 할까?"

"훗. 그분이라면 그보다 더한 것도 충분히 하실 겁니다."

평소엔 한없이 자상하다가도 무엇 하나가 거슬리면 한순간에 돌변해 버리는 게 바로 그녀의 아버지였다.

이들은 모른다. 본인들이 상대할 '주신'이라는 자가 어떤 품성과 힘을 가졌는지.

알레그리아는 솔직히 승리를 자신할 수 없었다. 아버지의 무책임함을 차마 더는 두고 보기 힘들어 무작정 이리 나섰지만, 현실적으로 여기 모인 이들이 전부 같이 덤빈다고 해도 그를 이기기란 절대 쉽지 않았다.

이 세계를 창조한 주신의 권능은 감히 그들로선 넘볼 수 없는, 아예 결이 다른 수준이었다.

열두 개의 태고의 신물.

지금 그녀가 기댈 수 있는 건 그것뿐이었다. 오로지 신물만이 아버지의 행보를 막을 수 있었다. 그 중요한 걸 주신의 손에 태어난 인간의 손에 맡긴다는 게 모순적이긴 했지만, 이미 그녀는 돌이킬 수 없는 강을 건넌 상태였다.

물론 그 마음 한편에 이들은 평범한 인물들이 아니니 어쩌면 희망을 걸어도 되지 않을까 하는 막연한 기대도 조금은 있었다.

"그러고 보니, 여태 단 한 번도 이상하단 생각을 안 해 본 건가?"

"……?"

"당신 아버지, 주신 말이야."

"알아듣게 얘기해 주세요."

알레그리아의 말에 라예가르의 금안이 보다 짙게 번쩍였다.

"태고의 신물을 모으면 주신을 해치울 수 있다고 하지. 그 신물을 만든 건 주신이고 말이야."

"그게 어쨌다는 거죠?"

"어떻냐고? 이걸 듣고도 의아함을 느끼지 못했나 보군. 본인 손으로 직접 자신을 죽일 수 있는 물건을 만들어 세상에 퍼뜨리다니, 뭔가 앞뒤가 안 맞잖아. 혹 너무 오랜 세월을 살아서 삶에 미련이 없기라도 한 건가?"

"…그건 그냥 재미 삼아 그러신 걸 거예요. 워낙에 종잡을 수 없는 분이라…….""

"재미 삼아 자기 자신을 사라지게 할지도 모를 무기를 제작했다? 당신에겐 그리 말했나 보지?"

"직접적으로 말씀하신 적은 없습니다. 아버지께선 태고의 신물을 거론하는 것 자체를 싫어하세요."

"두려운 게 아니고?"

"…하고 싶은 말이 정확히 뭔가요? 이 세상을 창조하신 분입니다. 그런 아버지가 두려워할 게 뭐가 있겠어요?"

"또 다른 신."

"신이라면……."

"아, 정정하지. 주신 위의 또 다른 신."

"뭐라고요? 그게 무슨 말도 안 되는……!"

"물론 가설에 불과하긴 해. 고서에서 의심이 가는 대목을 찾았는데, 아직 완벽하진 않거든."

하얗게 질려 가는 알레그리아의 얼굴을 마주 본 라예가르는 확신을 담은 목소리로 계속 말했다.

"하지만 난 이 가정이 꽤 마음에 들어. 사실이길 바라고 있기도 하고."

알레그리아는 망치로 뒤통수를 얻어맞은 듯 엄청난 충격에 휩싸였다.

그런 건 상상조차 해 본 적 없었다. 아버지의 위에 더 높은 신이 있다니. 아무리 그녀가 아버지에게 반하는 입장이라 해도, 평생을 당연하게 여겨 온 것을 부정하는 말을 듣기란 매우 거북했다.

"망상이 지나치시군요! 아버지는 절대자이십니다. 그분 위엔 감히 그 누구도 설 수 없습니다!"

"열두 개의 신물을 모아 당신 아버지를 죽였다고 쳐요. 그럼 이후엔 어떻게 될까요? 그때가 되면, 그 위에 우리가 설 수 있는 겁니까?"

바율의 고저 없는 음색에 알레그리아의 손끝이 뒤늦게

발발 떨렸다.

우스운 일이었다. 아버지를 죽이고자 모의에 가담하면서도, 정작 그 뒤는 생각해 보지 못했다. 그만큼 그녀에겐 주신의 존재가 절대적이기 때문이었지만, 아무래도 이들에겐 그렇지가 않은 모양이었다.

겁이 없는 걸까.

그도 아니면 무모한 것일까.

저를 담담히 쳐다보는 바율의 눈빛 앞에서 알레그리아는 어쩐지 기가 죽는 기분이었다. 천신인 자신이 인간을 두고 그리 느낀다는 걸 인지한 순간, 무어라 말로 표현할 수 없는 감각이 그녀의 온몸을 감쌌다.

"주신 위의 또 다른 신."

라예가르가 모두에게 들으라는 듯 다시 한번 곱씹었다.

"어쩌면 그 신은 우리가 주신이라고 부르는 자의 타락을 염려했을지도 모른다. 그래서 태고의 신물이란 대비책을 마련해 두었던 게지."

가볍게 주위를 둘러본 그는 그대로 말을 이었다.

"이미 주신의 아이인 천신들이 같잖은 질투심으로 정령계를 멸망시킨 데다, 그로 인해 엄한 인간계까지 막대한 피해를 입혔다. 그러기까지 그는 인간을 구하긴커녕 방임만 하였지. 뭐, 이런 걸 보면 아무래도 그 높으신 분에게 선견

지명이 있었던 모양이야."

"새로운 정령왕에게 이전에는 없던 고유 능력이 생긴 것도 비슷한 이유가 아닐까요?"

잠자코 있던 퀸이 돌연 오늘 역사 수업 때 나눈 얘기에 대해 꺼냈다.

"바율이 그러더군요. 이게 천계와의 전쟁을 대비하라는 경고의 뜻 같기도 하다고."

"경고의 뜻?"

"네. 녀석은 그냥 지나가며 한 말이었겠지만, 이사장님 말씀을 들으니 이 또한 주신 위의 또 다른 신의 안배일 수도 있단 생각이 듭니다."

"안배라면…… 주신과 싸워야 하는 바율에게 일부러 더 큰 힘을 내려 준 것이다, 뭐 그런 말이야?"

"응. 지금까지는 마족의 힘이 어떤 식으로든 영향을 끼친 게 아닐까 여겼는데, 만약 또 다른 신이 정말 있는 거라면 어떤 식으로든 우리를 도우려 하지 않겠어? 애초에 그자가 주신을 물리칠 신물을 만들었고, 우리가 현재 그의 뜻과 같은 길을 가고 있는 셈이잖아."

"그런 거라면 정말 좋겠네."

"맞아. 든든한 편이 하나 생기는 거니까."

"그러게."

퀸의 다소 꿈같은 이야기에 친구들은 저들도 모르게 고개를 끄덕이며 격하게 동의했다. 아직 모든 게 가설일 뿐이지만, 진정 그게 진실일 거라고 믿고 싶었다.

"그나저나 아빠, 정령왕들의 고유 능력에 관해서는 뭐 알아낸 거 없어?"

일라이의 질문에 친구들도 그제야 생각났는지 다들 라예가르를 향해 고개를 돌렸다.

저녁만 되면 라예가르가 궁금증을 해소해 줄 거라 내심 자부하고 있던 일라이건만, 돌아가는 정황을 보니 그게 아닌 것 같아 내심 당황스러웠다.

"일단 기존의 물의 정령왕과 불의 정령왕에게 각각 치유와 영멸의 힘이 없었던 것은 확실하다."

"…뭔 소리야? 치유와 영멸이라니?"

옛 연인과의 해후에 여태 넋을 놓고 멍하게 있던 마황의 음성이 끼어든 것은 그때였다.

"좀 괜찮아지셨어요?"

"안 괜찮으면 어떡할 건데?"

바율이 저를 걱정해서 묻는 것일 줄 뻔히 알면서도 크루넬리스는 불통하게 대꾸했다. 바율에겐 아무 잘못이 없다지만, 녀석이 본래의 자신으로 되돌아온 것에 괜한 심술이 난 탓이었다. 또 보자던 다프네의 말은 진심이었는지, 그게 정녕 가능한지 이제 와서 새삼 불안감이 들기도 했다.

"괜찮으신 모양이네요."

전대 물의 정령왕, 다프네그란데의 슬픔을 고스란히 느낀 바율이었다. 그래선지 마황의 까칠한 말투가 오히려 더 안심이 되었다.

"물음에 답이나 해. 정령왕들에게 힘이 생겼다는 게 정확히 무슨 말이야? 내가 마계에 다녀온 그 잠깐 사이에 대체 무슨 일들이 벌어진 거지?"

"음, 그게 말이죠."

바율은 그가 없는 동안 어떤 변화가 있었는지에 대해 최대한 짧고 간략하게 설명하고는, 마지막에 덧붙여 물었다.

"정말 전대 정령왕들에게는 아무런 고유 능력이 없었나요?"

"당연하지! 애초에 그런 힘이 있었으면 그렇게 쉽게 멸망했겠어?"

정령왕이란 신분에 걸맞게 타고난 능력은 뛰어났지만, 그렇다고 잘린 다리를 다시 돋게 한다거나 영혼을 소멸시키는 능력 같은 건 없었다. 애초에 그 비슷한 소리도 들어본 적 없었다.

물과 불.

누가 상극 아니랄까 봐 추가된 능력도 참 상반되었다. 치유와 영원한 죽음이라니.

"거기, 천족! 너도 입이 있으면 말해 보지? 관련해서 뭐 아는 거 없어?"

천족의 도움을 받아야 한다는 다프네의 말 때문에 마황은 계속해서 끓어오르는 살심을 겨우겨우 억누르는 중이었다.

처음 시작은 연인의 죽음에 관한 복수를 하고자 함이었으나, 지금은 어쩌면 그녀를 다시 만날 수도 있지 않을까 하는 기대감이 더욱 커졌다.

그러니만큼 이번 전쟁에서 반드시 승리해야만 했다.

"…없습니다."

하나 알레그리아는 라예가르의 가설로 인해 여전히 얼이 빠진 상태였다. 아직 온전히 받아들이기엔 사안이 너무나도 엄청났다.

"저거 영 쓸모없어 보이는데, 같이 편먹어도 되겠어?"

"지금으로선 도리가 없습니다."

"태고의 신물을 찾기 위해서라도 그리아의 도움은 필요해요."

"그리아?"

"아카데미 내에서 부르는 이름입니다."

"마신전이 떡 버티고 있는 곳에 주신의 딸이라니. 핫, 우습지도 않구먼."

비소를 짓던 마황의 표정이 이내 무언가를 떠올린 듯 멈칫했다.

"근데 데스, 이 자식은 왜 안 보여?"

"아, 참. 그 얘기를 깜박했네요."

이노센트와 스피넬이 정령왕이 되었다는 말만 전하고 다른 중요한 소식을 빠뜨렸다. 아무래도 당장 대화의 주제가 정령왕의 능력에 관한 것이다 보니 벌어진 실수였다.

"리타가 성녀가 되었습니다. 그래서 현재 데스는 리타와 함께 자이아에 머물고 있어요. 다른 형제분들도 그렇고요."

"리타가, 뭐가 돼?"

"성녀요."

"성녀라면…… 신전에 찾아오는 환자들을 막 고쳐 주고 그러는 그거 말이지?"

"네."

바율의 확답에 마황이 느닷없이 인상을 팍 썼다.

"그럼 내 밥은 누가 차려?"

"예?"

"리타가 없으면 난 뭘 먹느냐고."

말하는 걸 보니 이제야 마황의 정신이 완전하게 돌아온 듯했다. 애절함과 비통함으로 점철되었던 모습은 온데간데 없고, 대신 그 자리를 차지한 건 본래의 식욕이었다.

"거기 어디야."

바율은 물론 다들 어이가 없어 말을 잇지 못하자 마황이 한숨을 내쉬며 물었다.

"설마 자이아에 직접 가시려고요?"

"그곳에서 리타는 바빠서 요리할 시간도 없는데요?"

"그걸 너희가 봤어?"

"그건 아니지만……."

"데스 놈이 홀라당 다 먹고 있을 게 분명해. 음흉한 자식. 저만 배를 채우고 있단 말이지."

자리를 오래 비운 탓에 몇몇 대마족들이 날뛰었다. 그러느라 오랜만에 마계에 가서 손 좀 보고 오는 길이다. 그동안 마황이 가장 그리웠던 건 바로 리타의 음식이었다.

원래대로라면 마계의 군기를 잡는 건 총사령관인 데스가 할 일이었지만, 녀석에게 그런 걸 시켰다간 한바탕 피바람이 불지도 몰랐다. 해서 직접 한다는 게, 이런 사태를 불러일으켰다.

"어디냐니까?"

"곧 돌아올 테니 기다려 보세요."

안 그래도 바쁠 리타에게 짐을 하나 더 딸려 보낼 순 없
었다. 바율의 계속되는 회유에 급기야 마황은 협박하는 경
지에 이르렀지만, 바율 역시 예전처럼 호락호락하게 휘둘
리지 않았다.

그리고 진정 다행스럽게도 며칠 후, 리타를 위시한 마족
일행이 캐링스턴으로 돌아왔다. 그동안 바율은 무사히 중
간고사를 끝마쳤고, 마침내 많은 학생이 기다리고 기다렸
던 아카데미의 연례행사인 가을 축제 기간이 도래하였다.

그러나 바율과 친구들은 그 축제에 참가하지 못했다. 아
니, 참가할 수 없었다.

주말까지 총 일주일의 시간이 주어졌다.

그 안에 일행은 반드시 망각의 지대에서 태고의 신물을
찾아내야 했다.

〈다음 권에 계속〉